LAARZEN VOOR DE DODEN

Omslagillustratie: Jan de Backer
Oorspronkelijke titel: Stone Cold
Oorspronkelijke uitgever: Hamish Hamilton, Londen
Vertaling: Paul van Damme
Niets van deze uitgave mag, op welke wijze ook,
worden overgenomen zonder de uitdrukkelijke
schriftelijke toestemming van de uitgever.
© 1993 Robert Swindells
© 1994 Nederlandstalige uitgave
Davidsfonds/infodok nv, Leuven
Uitgeverij Davidsfonds/infodok nv
Brabançonnestraat 95A 3000 Leuven
☎ 016/22 87 44 ✉ 016/22 70 47
Verspreiding voor Nederland:
Infodok bv, Schilpdel 11
2202 VA Noordwijk
☎ 01719-19588 ✉ 01719-47133
ISBN 90 6565 672 3/CIP
NUGI 222
D/1994/2952/48

STICHTING NEDERLANDSE
KINDERJURY
1995

Robert Swindells

Laarzen voor de doden

Davidsfonds/infodok
Leuven-Noordwijk

... het volk, waar je op trapt
als je uit de opera komt...

Sir George Young

Noem me maar Link. Het is niet mijn echte naam. Maar zo stel ik me voor, als iemand vraagt hoe ik heet, wat overigens niet vaak gebeurt. Ik ben onzichtbaar, zie je. Eén van die onzichtbare mensen. Op dit moment zit ik in een portiek en kijk voorbijgangers na. Ze ontwijken mijn blik. Ze zijn bang dat ik iets van ze wil. En ze hebben gelijk. Het liefst zouden ze me totaal negeren. Ze worden namelijk niet graag met hun neus op het feit van mijn bestaan gedrukt. Het liefst zouden ze me *niet* zien. Mij niet en al die anderen niet. Wij zijn immers het bewijs dat niet alles is zoals het hoort. In die zin zijn we een smet op hun wereld. Maar als jij even blijft staan, dan vertel ik je het verhaal van mijn fantastische bestaan. Helemaal!

Dagelijkse routineopdracht I

Shelter. Ja. Dat klinkt goed. Ik hou ervan. Het hééft iets, vind je niet? Shelter. Zoals in Shelter from the Storm. Schuilen voor het onweer. Dat zoeken ze toch? Die lui van de straat. Daar snakken ze toch naar. Konden ze gewoon maar ergens schuilen, dan was het leven mooi! Wel, kom er maar bij, lucky lads. Ik ben klaar voor jullie.

Mijn fantastische bestaan. Juist. Geboren op 20 maart 1977. In Bradford, Yorkshire, Engeland. Zoon van meneer en mevrouw X. We waren een familie, weet je, een doorsnee familie. Tot pa er in 1991 vandoor ging met een receptioniste. Ik was veertien en ging in de buurt naar school. De hele affaire zorgde ervoor dat mijn studies één puinhoop werden. Maar dat is niet de reden waarom ik hier beland ben. Nee. Dat is de schuld van Vincent. Goeie ouwe Vince. Mams vriend. Je moet hem kennen! Ik wil maar zeggen: mijn ma is niet bepaald Kylie Minogue. Maar Vincent, jongens! Om te beginnen: hij is bijna vijftig en een van die kerels die zich jong kleden en gedragen. Tenminste, dat proberen ze, maar het lukt niet zo best. Want met hun grijze haren en vette bierpens zijn ze gewoon grotesk. En Vince houdt wel van een pilsje!

Mijn pa zal op zijn manier wel geen doetje geweest zijn, maar hij was in ieder geval geen zuipschuit. Je moet Vince zien, wanneer hij en ma thuiskomen van de club. Om het minste begint hij hard te lachen. Zie je het al voor je?

Hij slaat dan zijn arm om mijn moeder en hij gebiedt me met veel dronkemansgebral *pa* tegen hem te zeggen. Pa! Hij is de laatste vent op aarde die ik pa zou willen noemen. De gluiperd. Maar wat me 't meest ergert, is de manier waarop hij naar ma loenst en suggestieve grapjes maakt over 'nog even een wipje maken om de nacht waardig af te sluiten'. In al die jaren heb ik pa niet één keer op die manier over seks horen praten of er zelfs maar naar verwijzen.

Maar deze vetbal knipoogt en maakt gebaren in mijn richting, gewoon om te zien hoe ik reageer. En ma lacht en valt om zijn nek en zegt 'oooh, jij bent de ware'. Het maakt me ziek.

Hij heeft haar veranderd. Dáárom haat ik hem. Ze was een rustige vrouw. Tevreden met het leven zoals het was. Ze ging haast nooit uit, dat leek ze niet te willen. Ze voelde zich goed met haar familie, denk ik. Als je haar nodig had, kon je op haar rekenen. Ik denk dat ze van ons hield. Van mij en Carol. O, ik weet hoe het klinkt wanneer ik zo over ma praat. Alsof ze geen recht heeft op een eigen leven. Natuurlijk mag ze haar eigen leven leiden. Wat ik bedoel is: waarom in godsnaam met Vince? Tussen haakjes, Carol is mijn zus. Ze is vier jaar ouder dan ik en ze heeft me altijd verwend. Toen Vince bij ons introk, was het Carol die het leven voor mij nog enigszins draaglijk maakte. Het was erg, maar dankzij haar kon ik er tegen. Maar op een nacht - ma werkte laat die dag - is er iets gebeurd tussen haar en Vince. Ik begreep het niet en zij heeft het me nooit verteld. Maar ik heb wel een idee wat er aan de hand was. In ieder geval, ze heeft er iets van aan ma verteld en toen hadden ze slaande ruzie, die ermee eindigde dat Carol wegliep. Het huis uit. Ze ging bij haar vriend wonen en ik bleef alleen achter. Dat heb ik volgehouden tot ik van school ging. Maar toen was ook voor mij de maat vol.

Ik haalde het net. Een klein wonder als je weet wat er thuis allemaal gebeurde. Maar ik vond geen werk en schoolverlaters krijgen nu eenmaal geen uitkering. Je wordt verondersteld om een opleiding te volgen, maar die zijn er onvoldoende. En ik viel dus uit de boot. Ik weet zeker dat ma me geholpen zou hebben tot ik iets gevonden had. Maar in die tijd begon Vince me te bestoken met opmerkingen over hoe ik op zijn kosten leefde. Ook al was dat gelogen. Ik zou me nog liever van kant gemaakt hebben. Ik leefde niet van zijn geld. Het was van ma. Vince hield er echter niet over op. Hij werd met de dag gemener en hatelijker. Op een nacht, toen ik uit was geweest met vrienden, sloot hij me buiten. Ma mocht niet voor me opendoen. Ik ging naar Carol en ik kon die nacht bij haar slapen. Toen ik de volgende dag thuiskwam, liet Vince me alle hoeken van de kamer zien, omdat ik volgens hem was weggelopen en mijn ma ongerust had gemaakt. Als je graag het adres hebt van een honderd ten honderd klier en klootzak, dan kun je het krijgen. Dat van Vince. Overigens denk ik dat ma bang voor hem was. Want ze kwam er niet tussen toen hij me zo behandelde. Ten einde raad ging ik er dan maar vandoor. Zou jij ook gedaan hebben. Zeker weten. Zou iedereen doen. In zo'n geval ben je echter dakloos door je eigen schuld. En daarom zit ik hier in een portiek, dat meteen ook mijn slaapkamer is. Met de stille hoop dat een vriendelijke passant me wat geld toestopt om te eten. Fijn, hè?

Dagelijkse routineopdracht 2

Ik raak gewend aan mijn naam. Ik heb hem ingelopen als een paar nieuwe laarzen. Goedemorgen, Shelter, zeg ik tegen de spiegel in de badkamer. Ik glimlach. Goedemorgen, Shelter. Je bent een verduiveld knappe kerel, maar je bent ook een ijdeltuit. Je moest je maar eens scheren. Ik heb hem ook vaak geschreven. Op de achterkant van enveloppen. Shelter, Shelter, Shelter. Het begint op een onvervalste handtekening te lijken. Ik realiseer me uiteraard dat dit alles bijzonder weinig te maken heeft met het rekruteren van soldaten. Misschien denken jullie wel dat ik te lang treuzel. Uitstel van executie. Fout. Ik ben me gewoon aan het inleven. Ik heb per slot van rekening tijd genoeg. Die dakloze schooiers lopen heus niet weg. Bovendien is voorkomen altijd beter dan genezen, zoals mijn oude grootmoeder altijd zei. Wacht gewoon maar even af!

Ik ging niet onmiddellijk naar Londen. Ik mocht dan wel dak- en werkloos zijn, gek was ik nog niet! Ik had over Londen gelezen. Ik wist dat de straten er niet bepaald met goud geplaveid waren. Ik wist ook dat er honderden mensen - duizenden zelfs - langs de straten zwierven en bedelden voor wat geld. Maar dat was het nu net, snap je. In Bradford viel ik op als een etterbuil, omdat er niet veel daklozen waren. De politie van Londen is jongeren in portieken gewend en doorgaans laten de smerissen ons met rust. In Bradford moest ik om het uur wel ergens opkrassen. Ik kon er haast niet slapen en kreeg nauwelijks geld bij elkaar gebedeld. De mensen daar kenden het fenomeen van de bedelaars nog niet. Ze waren in de war. Ze maakten een grote omweg om toch maar niet voorbij mij te hoeven lopen. En als er toch iemand voorbijkwam aan wie ik wat geld durfde te vragen, keek die me verbaasd aan en maakte zich uit de voeten. Bovendien ontmoette ik voortdurend mensen die ik kende. Buren. Jongens die met mij op school hadden gezeten. Ik zag zelfs een van mijn leraren. Je kunt niet geloven hoe rot en beschaamd je je voelt, als je op je bedelronde een bekende ontmoet.

In die tijd bracht ik niet elke nacht op de straat door. Dat was de goede kant van de medaille. Eén of twee keer per week ging ik bij mijn zus in bad. Ik kreeg er dan ook wat te eten en mocht er een nachtje slapen. Het probleem was, dat ik er steeds sjofeler bij ging lopen. Dat heb je nu eenmaal als je maar een paar kleren hebt. Chris, Carols vriend, stelde mijn bezoekjes dan ook steeds minder op prijs. Hij zei het wel niet met zoveel woorden, maar ik zag het aan zijn blik en hoorde het aan de klank van zijn stem. Ik begreep dat Carol er van langs kreeg, elke keer als ik op bezoek was geweest. En daarom vond ik het tijd om te vertrekken. Klinkt goed, hè? Tijd om te vertrekken. Doet je denken aan al die liedjes over rusteloze mensen die het haten om lang op dezelfde plek te blijven. Dan komen ze geheid een meisje tegen, waar ze verliefd op worden. Maar na een poos horen ze opnieuw de lokroep van het avontuur. En dus gooien ze hun schaarse bezittingen over hun schouders en vertrekken, terwijl hun meisje in tranen achterblijft. Romantisch, hè? Vergeet het. Triest is het! Triest en angstaanjagend. Je vertrekt van de enige plek die je kent, het onbekende tegemoet... Waar niets of niemand je de hand boven het hoofd houdt! Geen geld. Geen vooruitzichten op werk. Geen adres waar ze je met open armen ontvangen. Je beseft dat je te midden tussen meedogenloze, gewelddadige mensen terechtkomt. Waarvan sommigen zelfs echt gek zijn. Elke minuut van je leven loop je risico. Dag en nacht! Vooral 's nachts! Sommige mensen zijn zo waanzinnig of wanhopig, dat ze je voor je slaapzak of wat kleingeld vermoorden of in elkaar rammen. Anderen proberen bij je in je slaapzak te kruipen, omdat je er zo braaf en gaaf uitziet. Zonder puisten. Je kunt er niet aan ontsnappen, want niemand helpt je. Het laat ze allemaal koud. Je bent gewoon een dakloze. Eentje meer, eentje minder. Het maakt geen verschil.

Dagelijkse routineopdracht 3

Ik ben vannacht uit geweest. Ik nam de metro naar Charing Cross en wandelde er een poosje rond. Inspectieronde, kun je zeggen. Ik vond ze, zoals ik al vermoedde. Honderden haveloze vagebonden lagen er op de grond en maakten een janboel van de plek. Ik liep langs The Strand en ook daar zag ik ze, weggedoken in de portieken. Zelfs Lloyds Bank en de Law Courts ontsnapten er niet aan. Eén van die ondervoede hufters - hij was niet ouder dan zeventien - bedelde zelfs voor wat geld. 'Kun je er niet wat pennies afknijpen, man?' vroeg hij. 'Afknijpen? Ik zou jou wel eens afknijpen, als ik je een paar weken in kaki had.'

Hij snapte het niet. Hij lachte en zei goeienacht. Een rotje in zijn reet, dat kan hij krijgen. Dat zal hem wakker maken. Dat, of zes weken in Strensall.

Het leger! Dat is de oplossing! Maakt van iedereen een man. Van teddies, rockers en moederskindjes. Veranderen doen ze er allemaal, verdorie! In zes weken! Je zag geen teddies tijdens de afzwaaiparade, dat kan ik je wel vertellen. En ook geen rockers. Soldaten maakten ze van je. Van iedereen, zonder uitzondering.

En dat was ook jarenlang mijn job: van vuile, sjofele, puistige kereltjes soldaten maken. Mannen!

Ja, en wat kreeg ik als dank? Ik zal het je vertellen. Ze spuugden me uit. Na negenentwintig jaar trouwe dienst. Op medische grond, staat op het formulier. Eervol ontslag op medische grond. En toch is er niets met mij aan de hand. Niets. Ik ben zevenenveertig en zo fit als een slagershond.

Medische grond is natuurlijk maar een excuus. Ik weet wel waarom ze me de laan uitstuurden. Omdat hun opdracht in dit leven precies het omgekeerde is van de mijne! Ze denken dat ik dat niet weet. Maar ik heb ze door. Ze spelen allemaal een rol in het spel, weet je. En er is een spel aan de gang. Er is lang op gebroed : de natie ondermijnen door het land te overrompelen met schooiers en junkies en zuipers. Sommige toppolitici spelen het spel mee. En ook ambtenaren en hulpverleners, zelfs de kerk zit in het komplot. Ze willen de natie overspoelen met dronkaards en criminelen en losers tot ze wegzinkt in zo'n smerig moeras, waarin ik mijn hele diensttijd heb geploeterd. Ze zijn uitermate machtig en stoppen voor niets of niemand. Wat betekent de carrière van één sergeant-majoor voor hen? Niets. Nul komma nul. Maar ze krijgen me niet! O nee! Ze hebben de dienstplicht afgeschaft, zodat ik van dat vuilnis geen mannen meer kan maken. Maar ik ga de rommel opruimen. Dat kunnen ze me niet beletten. Verdorie!

Waar was ik gebleven? O, ja, ik weet het weer. Tijd om te vertrekken. Nadat ik van school was gegaan, solliciteerde ik naar dertien banen in een dozijn. Kantoorwerk, supermarkt, catering, benzinestations, noem maar op. De meeste werkgevers wilden ervaring en in sommige advertenties stond zelfs dat werklozen niet eens hoefden te schrijven. Wat ik nogal misdadig vond. Ik begon te solliciteren in augustus en werd een paar keer uitgenodigd voor een gesprek, maar zoals ik al zei, als je in je kleren slaapt, loop je er al snel als een schooier bij. Rond Kerstmis was ik dan ook een echte vagebond. Ik wist dat niemand me zou aannemen in deze toestand en daar zat ik behoorlijk van in de put.

Kerstmis bracht ook al geen heil. Ik was uitgenodigd bij Carol en Chris, wat ik bijzonder aardig van ze vond. Maar toch was het de vreselijkste kerst die ik ooit heb meegemaakt. Om te beginnen was er mijn cadeau. Carol en ma hadden geld bij elkaar gelegd om een warme slaapzak voor me te kopen. Echt een prachtexemplaar. Dik gevoerd, waterdicht. Alles erop en eraan. Hij had hun werkelijk een fortuin gekost en ik begreep dat ze me er echt het beste mee wensten. Maar ik begreep meteen ook dat zij me als een dakloze beschouwden, als iemand die altijd dakloos zal blijven, zodat ze ervoor zorgden dat ik *comfortabel* dakloos kon zijn. Het deed pijn. Het stak. Maar ik deed mijn best om niets te laten merken. En ik moet toegeven dat hij me sindsdien van pas is gekomen.

Er was Kerstmis en er was tweede kerstdag. Met tweede kerstdag kwam ma op bezoek. Ze bracht Vince mee. Ik denk dat Carol tegenover Chris nooit met een woord over Vince gerept heeft. Anders zou hij hem zeker niet binnengelaten hebben. Maar goed, ze kwamen dus op bezoek voor een dineetje en bleven tot één uur 's nachts. Uiteraard was iedereen tegen het einde van het feest stomdronken. Iedereen, behalve ik. En zodra hij lazarus was, begon Vince zure opmerkingen te maken over mijn persoon. *Het Kerstspook* noemde hij me. Vraag me niet waarom. Het was een schande, zei hij, dat ik me bij mijn zus kwam volproppen. En hoe ik er bij liep! Met mijn vuile, lange haren en haveloze kleren. Zodat ma zich schuldig zou voelen, omdat ze me niet beter had opgevoed! Ik was een klaploper, een nietsnut en een schooier. Ik kon beter een baan zoeken in plaats van met mijn boze tronie het kerstfeest van anderen te vergallen. Het was verre van vrede op aarde, dat kan ik je wel verzekeren. Er zijn nu eenmaal niet veel mensen van goede wil die het voor stakkers willen opnemen. En dat vond ik dan ook het ergst: dat niemand mij verdedigde. Zelfs mijn zus niet. Toen wist ik zeker dat ik niet langer welkom was. Er zat dus niets anders op.

Op 28 december leende ik geld voor een enkele reis naar Londen. Carol gaf het me. Ze kwam zelfs mee naar het station om me uit te zwaaien en ze hield me in haar armen voor ik met mijn rugzak en mijn slaapzak op de trein stapte. De volgende omhelzing die ik kreeg, was van een oude, stinkende dronkaard aan Lincoln's Inn Fields toen ik hem twintig pence toestopte, om me met rust te laten.

Dagelijkse routineopdracht 4

Het is nu 19.00 uur na een bevredigende dag. Zeer bevredigend. Bij elke veldtocht hangt het succes van de overwinning af van de strategie en de voorbereiding. Mijn strategie sluit als een bus en de voorbereiding is beëindigd.

Ik heb namelijk een kat kunnen versieren. Dat was de finishing touch die ik zocht. Ik kan die kontlikkende, pelskrabbende rotbeesten weliswaar niet luchten, maar geef toe dat een huis met een kat iets geruststellends heeft. Een kat suggereert warmte, knusse gezelligheid, rimpelloze huiselijkheid. Een man met een kat kan onmogelijk een schurk zijn.

Ik heb haar Sappho gedoopt. Een briljante vondst, die een zeker niveau van de eigenaar veronderstelt. Ik weet niet eens of het beest een poes of een kater is. Kan me ook geen moer schelen. Het punt is dat een vent met een kat, die Sappho heet, een bepaald imago uitstraalt. Een zachtmoedige academicus. Van zo iemand kun je verwachten dat hij slecht slaapt in zijn zalige bed, wanneer zoveel anderen langs de straten dolen. Laten we zeggen: een pennelikker die wakker geschud is en die echt wat wil doen aan die zorgwekkende toestanden. Hij wil eten en een bed schenken aan arme, ongelukkige, thuisloze zielen.

En dus is het Shelter en Sappho. Net de titel van een tv-feuilleton: Shelter en Sappho. Ook bekend als de Onoverwinnelijken! Ik ben klaar. Ik kan gaan rekruteren.

Londen was het en Londen is het nog steeds.

Ik heb me vaak vergist. Dat overkomt de meeste mensen die voor het eerst in Londen zijn. Het probleem is, dat zodra je vergissingen maakt, je ze onmogelijk nog recht kunt zetten. Je zit in de bekende neerwaartse spiraal en probeer daar maar eens uit te breken. Je snapt niet wat ik bedoel? Luister dan even!

Ik kwam aan in Londen, hartje winter. Dat was op zich al geen goed idee. Oké, ik had thuis problemen, serieuze problemen. Ik moest er wel weg. Maar als ik had geweten, wat ik nu weet, dan had ik mijn vertrek toch nog even uitgesteld. Ik zou het met Carol en Chris wel op een akkoordje hebben kunnen gooien. Ik zou doorgebeten hebben tot maart of april. Slaap jij in januari maar eens één nacht in de openlucht. Dan begrijp je het meteen.

Ik had ongeveer honderdvijftig pond op zak toen ik in King's Cross van de trein stapte. Dat was mijn laatste spaargeld, plus twintig pond die Carol me toegestopt had, toen Chris even de andere kant uitkeek. Honderdvijftig. Klinkt niet slecht, hè? Ik dacht toen ook dat het voldoende was. Ik zou er een kamer van huren. Niets overdreven. Een bed was genoeg. En dan zou ik uiteraard werk zoeken. Ook al niets overdreven. Om te beginnen was alles goed. Als ik mezelf geïnstalleerd had, kon ik nog altijd uitkijken naar een baantje dat me aanstond. Dacht ik. Ik was namelijk een groentje en vermoedde niet dat het nooit zo zou lopen.

Ik stapte het station uit met mijn rugzak en mijn slaapzak. Ik voelde me herboren. Dit was toch Londen, man. Het centrum van de wereld. Groot, snel en vol kansen. Niemand kent je. Niemand weet waar je vandaan komt of kent je verleden. Voortaan is dat *jouw* zaak. Al die herrie met Vince, voorbij!

Is nooit gebeurd! Je start met een schone lei, waarbij je je eigen verleden mag verzinnen. Je geeft jezelf een nieuwe identiteit.

Het begon fantastisch. Zo leek het tenminste. Ik kwam uit het station en liep meteen door. Ik wist niet waar ik heen ging. Ik zocht onderdak. De straat die ik opliep heette Pancras Road. Niet veel later kwam ik langs een flatgebouw met op de benedenverdieping allerlei winkels. Er was een krantenwinkel. Op de glazen deur waren allerlei kaartjes geplakt. Ik liep dichterbij om ze beter te bekijken. Het waren aanbiedingen, zoals ik al vermoedde. Dingen die te koop waren, 'babysitter gevraagd', 'goedkoop herstellingen aan huis'. Op één ervan las ik 'logies en ontbijt, geschikt voor werkende, prijs overeentekommen'. Overeen te komen was in één woord geschreven en met twee m-en: overeenkommen. Het handschrift leek dat van een zesjarige, maar ik lette er niet op. Er stond een adres bij. Wharfedale Road. Ik liep de winkel binnen en liet me de weg wijzen. Het was een eind terug van waar ik vandaan kwam. Het was een goor huis en de huur was helemaal niet overeentekommen. 'Vijftig per week,' zei de huisbaas met zijn ratachtige tronie. 'Twee weken vooraf en da's een gunst, want overal vragen ze een maand.' 'Ik zoek een baan,' zei ik. 'Ik heb niet veel geld. Kan er niet wat van de prijs?' (Ik zei al dat ik een groentje was.)

'Wat van de prijs af?' Zijn stem sloeg over. 'Jij kunt me wat, van de prijs af, de pot op en mijn huis uit! Wat een lef. De huur is vijftig per week en da's te nemen of te laten.'

Ik nam ze en dat was mijn tweede vergissing. O, op dat ogenblik was ik blij met het dak boven mijn hoofd. Ik had een slaapplaats en hoefde dus niet in de regen te lopen. En ik was niet eens een uur in Londen!

Maar ik wist toen niet dat er ook andere overnachtingsmogelijkheden waren, zoals de YMCA, waar ze je behalve een bed en voedsel ook hulp en advies geven. Tenminste, als je het geluk hebt er binnen te raken. Had ik het geweten, dan had ik eerst daar mijn geluk beproefd. Maar zoals ik al zei, ik wist het niet.

Ik zocht een baan. Heus. De volgende ochtend ging ik meteen naar het plaatselijke uitzendbureau. De dame aan de balie zei me naar *Carreers Office* te gaan, aangezien ik nog geen achttien was. En ik moest me ook aanmelden voor werklozensteun, wist ze. Ik ging naar *Carreers Office* en vulde er een formulier in. Ze vroegen me waar ik vandaan kwam en ik antwoordde uit Noord-Engeland. Ik wilde niet in details treden, voor het geval die goeie Vince het in zijn hoofd zou halen me op te zoeken. Ik gaf hen mijn nieuwe adres, maar verder verliep alles zoals thuis: er was geen werk en ik kwam niet in aanmerking voor een opleiding. Ik vroeg om raad en ze stuurden me naar een andere ambtenaar. Ik vertelde hem dat ik slechts vijftig pond had, omdat ik twee weken huur vooruit had moeten betalen. Hij stelde me een hoop vragen. Waarom ik thuis was weggelopen, bijvoorbeeld. Ik vertelde hem van Vince en Chris en de hele rotzooi. Daarop legde hij me uit dat ze nog moesten nagaan of ik recht had op wat dan ook. Dat kon weken duren, zei hij nog.

Toen pas begon ik me onzeker te voelen. Ik had een kamer voor twee weken, hooguit. Ik wist nog niet veel, maar ik had het idee dat *ratface* niet op zijn geld kon wachten. Als ik binnen die twee weken geen werk had, stond ik op straat.

Het is begonnen, het rekruteren. En het was zo makkelijk als wat. Ik hoefde niet eens ver te lopen. Ik heb een flat - samen met Sappho - aan Mornington Place. Mijn eerste rekruut vond ik in een portiek nabij Camden Station. Een mijl lopen, niet verder. Het was zo'n rotnacht. Koud, nat en winderig. De wind sneed door je heen. Ik droeg een parka, een waterdichte broek en stevige laarzen. En nog was ik verkleumd tot op mijn botten. Kun je nagaan hoe die kerel er aan toe was, in zijn klamme, sjofele jeans. Ik mag er niet aan denken. Het was halftwee uur en hij zat er dus waarschijnlijk al een uur of twee. Zijn vingers en tenen waren bevroren. Daarom kwam hij heel gewillig mee.

Wat ik deed, was het volgende: ik hurkte voor hem en zei: 'Wat scheelt er, vriend, tegenslag gehad?' Ik glimlachte terwijl ik het zei. Mijn mooiste weldoenersglimlach. Ik was voorbereid op een afwijzing. Hij had achterdochtig kunnen zijn of denken dat ik een flikker was, maar blijkbaar kwam dat niet bij hem op. Half verdoofd door de kou, misschien. In ieder geval opende hij gewoon zijn ogen en keek me aan. Hij fronste zijn wenkbrauwen en mompelde: 'Wie ben jij?'

Hij kwam uit Schotland.

'Ik?' Ik glimlachte nog eens. 'Ik heet Shelter. Ik heb een opvanghuis in Splender Street.'

Dat deed het. 'Opvanghuis?' zei hij. 'Welk opvanghuis?'

'Voor jongeren,' zei ik. 'Het Townhouse-project. Je hebt er misschien van gehoord.' Wat onwaarschijnlijk was, want het bestond niet. Ik had het hele gedoe gefantaseerd, naam en alles. Een deel van de voorbereiding.

Hij hapte toe. Vis aan de haak! 'Is er toevallig een bed vrij?'

vroeg hij. 'Kan ik er wat eten?' Ik schudde mijn hoofd, onvervalste teleurstelling. Ik had het keer op keer voor de spiegel geoefend. 'Vannacht niet, jammer genoeg. Alle bedden bezet. Morgen komt er misschien wat vrij, als je er vroeg bij bent.' 'Mmmm,' zei hij en zijn blik werd weer dof. Hij zat te denken aan de kille nacht die hem te wachten stond.

Ik liet hem even piekeren over het vooruitzicht en toen zei ik hem zo gewoon mogelijk: 'Ik heb nog een goeie, zachte bank vrij in mijn flat, als je je daarmee kunt behelpen? Behelpen? Schitterend! En het werkte.

'Zeker weten?' vroeg hij. Zijn ogen begonnen al weer te glanzen. Ik zie zijn hersentjes werken. Hij denkt, die kerel heeft een opvanghuis. Met warme bedden en wat te bikken. Altijd volgeboekt, oké, maar als ik met hem meega, maak ik een kans. 'Zeker weten?' zegt hij. 'Tuurlijk. Geen probleem. Ik woon hier om de hoek. Kom maar mee.'

En meer hoefde ik niet te doen. Ik liep voor hem uit en hij trippelde achter me aan als een trouwe poedel. Het regende pijpestelen en hij was doorweekt toen we bij de flat kwamen. Ik stelde hem voor aan Sappho en wees hem de badkamer. Ik maande hem aan om zich uit te kleden en gooide hem wat kleren toe, die ik speciaal voor de gelegenheid had uitgezocht - een trui, een ribfluwelen broek - het soort kleren dat weldoeners dragen. Daarna liep ik naar de keuken en warmde tomatensoep op. Terwijl hij op de bank zat te schransen, sloop ik achter hem en hielp hem met één slag uit zijn lijden. Wreed? Ik vind van niet. Niemand wilde hem en dus zal ook niemand hem missen en het is één dakloze minder om de straten onveilig te maken. Wie verliest erbij?

Ik heb vroeger veel films gezien over zwervers die in een stad aankomen, er een klus opknappen en dan weer verder trekken. Afwassen in een restaurant. Houthakken voor de haard. Schoonmaken. Ik kon me niet voorstellen dat er in een stad als Londen voor een kerel als ik geen baan te vinden zou zijn. De stad barst van de restaurants, cafés, pizzatenten en pubs. In de loop van die twee weken op Wharfedale Road ben ik wel bij tweehonderd horeca-zaken binnengelopen. Ik begon in de buurt van King's Cross. Maar het was hopeloos. Gewoon hopeloos. Terwijl de dagen voorbij vlogen, breidde ik mijn actieterrein uit, en halverwege de tweede week schuimde ik alles in de buurt van St. John's Wood en - meer naar het zuiden - in Lambeth af. Ik kamde de smalle, kleine straatjes van Soho uit en de brede lanen van South Kensington. Van 's ochtends vroeg tot 's avonds laat (ik veronderstelde dat mijn toekomstige baas het zou waarderen, wanneer ik al heel vroeg uit de veren was). Ik bood mijn diensten aan in groezelige cafés en sjieke hotels en alles wat daar tussen ligt. Tot ik blaren op mijn voeten had en op een ochtend nog maar nauwelijks uit mijn bed kon komen. Ik had de hele tijd gelopen om geld te sparen. Ik leefde van thee en cheeseburgers. Op het laatst hield ik toch amper negen pond en een paar pence over. En uitgerekend toen kwam *ratface* de huur ophalen.

Het was een vrijdagavond. Acht uur. Ik was net thuis. De kamer was ijskoud en ik trakteerde mezelf op een snelle ontdooibeurt bij het elektrische kacheltje voor ik in bed zou kruipen. Toen werd er op de deur geklopt. Ik opende ze en daar stond hij voor mijn neus. Hij zei twee woorden: 'Avond' en 'Huur'. Ik keek hem aan. 'Het is pas vrijdag,' zei ik. 'Ik betaal maandag.'

Hij schudde zijn hoofd. 'Vrijdag is betaaldag, *sunshine.*'

'Maar ik ben pas op een maandag hier naartoe verhuisd?' protesteerde ik. 'En ik heb twee weken vooruit betaald! Dus kan ik hier tot zondag blijven.'

Hij handelde zo snel, dat ik geen tijd had om achteruit te springen. In een flits greep hij me bij mijn hemd en trok me tegen zijn borst. Hij hield zijn gezicht vlak tegen het mijne. 'Luister, *sunshine,*' siste hij. 'Dit is mijn kamer. Ik stel hier de wetten en één ervan is dat jij nu de huur betaalt. Als je 't geld heb, dok je maar. Heb je 't niet, dan krijg je vijf minuten om je boeltje te pakken en te maken dat je wegkomt.' Hij duwde me van zich af en liep achter mij de kamer in. De deur bleef open.

Ik probeerde hem te overtuigen, ik zei dat ik op een beslissing van de sociale dienst wachtte. Hij lachte. 'Jij kunt misschien wachten, jongen. Ik niet,' snauwde hij me toe. Ik zei dat ik werk zocht en opperde dat ik de kamer toch niet had afgebroken en altijd stil was geweest. Ik weet niet wat ik nog meer zei. Ik was wanhopig, maar er hielp geen lievemoederen aan. Hij beval me in te pakken en terwijl ik dat deed, stond hij met gekruiste armen toe te kijken.

Toen ik klaar was, schuifelde ik langs hem heen naar buiten en beet hem toe: 'Ik krijg je nog wel, smeerlap. Reken maar.' Hij lachte me uit en zijn lach klonk me nog in de oren toen ik de trap afliep.

En zo kwam ik bij de anderen terecht, de daklozen die ik op mijn tochten was tegengekomen. De jongens die ik nog geen drie weken geleden mijn schaarse pennies had gegeven, toen ik nog dacht dat alles in orde zou komen. Nu was ik één van hen, aan het begin van een eindeloze, neerwaartse spiraal.

Dagelijkse routineopdracht 6

Tijd voor een korte uiteenzetting over het onderwerp 'doden'. Het doden van mensen. Moord, al wil ik daar niet teveel nadruk op leggen.

O, ja, het zou moord heten. Als iemand er achter kwam, tenminste. Maar dat is erg onwaarschijnlijk. Het met opzet doden van de ene mens door de andere. Maar zie je, ik ben opgeleid om te doden. Als soldaat was mijn hoofdopdracht het doden van tegenstanders. Het afmaken, koud maken, killen - hoe je het ook noemen wilt - van iedereen die mijn regering en natie stokken in de wielen durfde te steken. En daar begint de verwarring. Daar is het verschil onduidelijk. Het doden van een vijand is voor een soldaat geen moord. Hij wordt er niet voor opgesloten. Hij krijgt er zelfs een medaille voor. Als ik drugverslaafde schooiers, die met hun activiteiten het land ten onder laten gaan, uit de weg ruim, ben ik dan een moordenaar?

Nonsens! Ik ben helemaal geen moordenaar. Ik ben een soldaat zonder uniform. Ik doe het voor het vaderland. Het probleem is dat mijn activiteiten het daglicht schuwen, omdat de natie mijn daden niet erg waardeert. Je moet het voor de goegemeente verborgen houden. En daarmee kom ik op een uiterst delicaat punt: HOE RAAK IK HET LIJK KWIJT.

Zie je, soldaten - soldaten in uniform - hebben dat probleem niet. Die hoeven de lijken die ze maken niet te verbergen. Het tegendeel is eerder waar. Ze leggen ze in rijen naast elkaar, tellen ze en maken er foto's van. Zoals ook jagers dat doen na de fazantenjacht.

Maar dan is er het verschil dat soldaten hun lijken niet opeten. Ze graven een diepe kuil en daar gooien ze de lichamen in.

En het karwei is geklaard.

Als je geen uniform meer draagt, zoals ik, dan moet je het lijk kwijt zien te raken en dat is niet zo'n gemakkelijke klus, geloof me, het is het moeilijkste deel van de opdracht.

Doden is eenvoudig. Doodeenvoudig. Zeker als je ervoor opgeleid bent. Iedereen kan het, op voorwaarde dat je er je gedachten bijhoudt. De meeste moordenaars worden echter gepakt omdat ze een zootje van het opruimen maken. Dat is bewezen.

Alles is al geprobeerd. Onderdompelen in een zuur. Afhakken van ledematen. Een betonblok aan de voeten en dan de rivier in. Alles. En meestal is het compleet zinloos. Het lijk (of stukjes ervan) komt vroeg of laat tevoorschijn en dan wordt de moordenaar gepakt.

Zal mij niet overkomen. Nee. Want in tegenstelling tot die zogenaamde moordenaars, heb ik dit onderdeel vooraf gepland. Ik heb een flat op de benedenverdieping. En er is een kleine ruimte - eigenlijk vrij veel ruimte - onder de plankenvloer. Het wordt goed verlucht. Steek je hand er in, en je voelt de tocht. Zelfs op warme dagen is het er lekker koel. Dat is belangrijk. Ik ga er niet dieper op in, want het is een nogal onappetijtelijk onderwerp. Laat ik gewoon zeggen dat lijken in warme plaatsen na één of twee dagen hun aanwezigheid verraden. Maar ik heb dit plekje, mijn vrieskelder. Daar ligt onze vriend van vannacht. Zoals ik al zei, heeft hij geen last meer van de kou en bovendien ligt hij voor niemands drempel. 't Is toch veel beter zo, vind je niet?

Ik vond een portiek. Een prachtig, ruim portiek, zo diep dat het licht van de straatlantaarns en de lichtreclames er niet binnenviel. Je was er helemaal aan het oog van de voorbijgangers onttrokken. Het was negen uur en koud. Ik zat op mijn slaapzak met mijn rugzak tussen mijn voeten en keek naar de verlichte rechthoek aan het eind van mijn schuilplaats, waarachter alles bewoog en leefde. Voortdurend kwamen er mensen voorbij, maar niemand wierp een blik naar binnen. Niemand wist dat ik me er verborg. Aan de overkant van de straat zag ik de balustrade van de metrotrappen en een krantenstalletje. Ik kon het kruispunt overzien en een stuk van King's Cross Station. Ik zat te denken aan die rat van een huisjesmelker die niet eens overeen te komen correct kon spellen. Ik zon op wraak. Ik zou hem op een onverwacht moment in een donker steegje sleuren. Ik dacht aan alle wreedheden die ik hem zou laten ondergaan. Ik was woedend en een beetje buiten mijn zinnen, vrees ik, maar ik voelde me niet echt ongelukkig. Toen nog niet. De anonimiteit was een troost. Ik zou tenminste niet door bekenden betrapt worden. En ik was niet alleen. Mijn lot zou niemands nieuwsgierigheid opwekken. Bovendien hoefde ik me geen zorgen meer te maken over de huur van de volgende week. Ik voelde me... vrij, denk ik.

Dat was vóór ik geconfronteerd werd met de negatieve kanten van de zaak. Zoals de scheurende honger of de bijtende kou of het probleem van het plassen en wassen, terwijl je tegelijkertijd op je spullen moet letten. Dat laatste was overigens het eerste waarmee ik te kampen kreeg. Daardoor raakte ik mijn portiek - en meer ook - kwijt.

Zoals ik al zei, had ik omstreeks negen uur 's avonds een

fantastische plek gevonden. Ik kon me een hele poos bezighouden met het gadeslaan van de wereld. Ik vond het zelfs leuk. Maar rond elf uur waren mijn benen en voeten ijsklompen. Ik werd moe en ik kreeg stijve knoken in mijn slaapzak. Bovendien moest ik dringend plassen. Maar ik zag geen enkel probleem. Het station was vlakbij. Daar zouden wel toiletten zijn. Ik moest gewoon de straat oversteken. Bovendien zou het me deugd doen om mijn benen even te strekken. Het wandelen zou me een beetje opwarmen. Natuurlijk moest ik mijn spullen meenemen. Misschien was het wel veilig om ze achter te laten in de duisternis van het portiek, maar je mocht je geluk niet op de proef stellen, vond ik, en mijn rugzak en slaapzak waren mijn enige bezit in de wereld.

Om kwart over elf stond ik op en stapte bepakt en bezakt naar het station. Het herentoilet was halverwege het eerste perron, waar ik ongehinderd op kon lopen. Ik passeerde een paar zwervers op banken. Het toilet was beneden. Ik daalde de trappen af en voelde me op mijn gemak, zoals wanneer je weet dat je bijna van je ellende verlost bent. En toen kwam het eerste probleem.

Onderaan de trap was een tourniquet. Tien pence. Ik liet mijn bepakking vallen en viste in mijn zakken naar wat muntstukken. Twee van twintig en een paar pennies. Maar geen tien. Er was een loket. Daar zou wel iemand zitten, dacht ik. 'Hallo.' riep ik. De nood was nu wel echt heel hoog. Geen antwoord. Geen beweging. Ik gluurde over mijn schouders en gooide vervolgens mijn pak over het tourniquet. Daarna klom ik er zelf over.

Dat deed deugd. Terwijl ik stond te plassen, ging de deur van één van de toiletten open. Er stapte een kerel uit van ongeveer vijftig jaar, een kepie op zijn hoofd en een sigaret in een mondhoek.

'Heb jij betaald,' zei hij met schorre stem.

'N-nee,' stamelde ik. Ik deed het in mijn broek. 'Ik heb geen...

'Kan me nie schele wat je niet hebt, maat.'

Hij klonk heel schor. Zestig sigaretten per dag, schatte ik. Ik kon hem waarschijnlijk met één hand omduwen. Maar toch stond ik op het punt hem te vragen om twintig pence te wisselen. Zijn houding stoorde me echter. Ik besloot over het draaikruis te springen en tien pence te sparen. 'Ik heb geen geld,' zei ik, terwijl ik mijn gulp dichtritste.

Hij posteerde zich voor het tourniquet. 'Je gaat hier niet weg, voor je betaald hebt.' Zijn sigaret bewoog op en neer, terwijl hij sprak. As dwarrelde op de grond. Ik keek hem aan. 'Maak plaats, ouwe.'

Hij schudde zijn hoofd. Nog meer as. Ik liep op hem toe en zwaaide met mijn pak. Hij bukte zich en haalde onbeholpen uit naar mijn hoofd. Ik dook en duwde hem opzij, daarna sprong ik over het hek.

Ik voelde me geweldig - *streetwise* en *cool* - maar ik durfde niet in het station te blijven. Ik zag die ouwe al aan de telefoon hangen om de spoorwegpolitie te bellen. Ik haastte me weg van het perron de straat op.

Toen ik weer in mijn portiek kwam, lag er iemand anders. Ik merkte het niet, tot ik met mijn voet op hem trapte.

Hij sprong overeind. Bijna twee meter en een echte kleerkast.

'Heb je een probleem, maat?'

'Ik - ik was hier het eerst.' God, wat een stomme opmerking. Hij trok me tegen zijn borst. 'Hoepel op, kiddo, voor ik je een dreun verkoop.'

'Maar ik was hier al twee uur geleden,' protesteerde ik. 'Ik ben gewoon even in het station gaan...'

'Opgehoepeld! Nu meteen!'

Ik wist dat ik weg moest gaan. Dit was geen kettingrokende

slappeling die je als een veertje opzij kon zetten. Deze gozer was wat ik van mezelf vond dat ik was: *streetwise* en *cool*. Ik draaide me om met een brok in mijn keel. Ik had het gevoel dat ik de rest van mijn leven van het kastje naar de muur geschopt zou worden.

'Het is niet eerlijk,' bracht ik met een verstikte stem uit.

Wat een sufferd was ik! Eerlijk! Was ik maar meteen weggegaan! Dan had hij mijn horloge misschien niet gezien. Nu viel ze hem opeens op. Hij trok aan mijn mouw en zei: 'Leuk horloge. Geef op!'

'Nee!' Dat horloge was mijn laatste rijkdom. Een cadeautje van mijn moeder van vóór Vince bij ons kwam wonen. Ik probeerde me los te rukken, maar hij verstevigde zijn greep.

'Geef op, of ik laat niets heel van dat leuke smoeltje van je!' Ik dacht eraan om hulp te roepen. Er liep genoeg volk op straat, maar ik vrees dat het niets uitgehaald zou hebben. Wie riskeert er deze dagen zijn leven voor een stumper als ik? Ik nam mijn horloge en gaf het hem. Ik moest vechten tegen de tranen. Hij grinnikte.' Tja, maat, jofel van je. En nu sodemieter je maar op!'

En ik vertrok.

Dagelijkse routineopdracht 7

Het is als parachutespringen. Na de eerste sprong wordt het routine. Maar je moet er wel je hoofd bij houden. Elke keer je uitrusting checken. De hele procedure zorgvuldig nalopen. Weten wanneer wat moet komen. En vooral niet in valkuilen trappen. Er is één val waar alle seriemoordenaars inlopen. Die van het patroon. Elke moord heeft iets identieks en zo raakt de politie de moordenaar uiteindelijk op het spoor. Ze wéten dan immers dat ze één persoon zoeken. En over die moordenaar komen ze al snel heel veel te weten. Als alle slachtoffers Mexicanen waren, dan zoeken ze een kerel die de Mexicanen ècht haat. En als alle lijken in de metro gevonden worden, zoeken ze iemand die in de metro rondhangt. Dat is een val, snap je? Een val, waarmee de moordenaar zichzelf de das omdoet, omdat zo de hooiberg kleiner wordt.

Ik ben er erg voorzichtig mee. Ook ik heb een patroon, omdat al mijn slachtoffers daklozen zijn. Een noodzakelijk kwaad. Gelukkig worden er geen lijken gevonden. Niet in metrostations, noch elders. Zo stom ben ik niet. Toch is er een onvermijdelijk patroon en dus moet ik zoveel mogelijk variatie in het spel brengen. Uiteraard zonder buiten de grenzen van mijn zelfopgelegde opdracht te treden.

Gisternacht was het op vele punten anders dan de vorige keer. Om te beginnen was het een vrouw deze keer. Ik koos haar niet omdat ik van vrouwen hou, noch omdat ik ze haat. Ik word er warm noch koud van, eigenlijk. Ik pikte haar eruit, omdat de vorige rekruut een man was, meer niet. Ik pikte haar ook niet op in het metrostation van Camden, want ook dat had me kunnen verraden. Ik reed tot Piccadilly Circus en kuierde rond in Soho. Ik zag haar toen ze uit Regent Palace kwam. Een slonzig vrouwmens. Je zag het vuil in haar nek van de overkant van de straat. Maar ze stapte uit het hotel als een verwaande hertogin. Ze was daar naar binnen geglipt om te plassen. Hoe ze de portier voorbij kwam, is me een raadsel. Maar goed, ik liet haar even voor me uit lopen, voor ik op haar schouder tikte.

'Pardon.' Ze draaide zich geschrokken om.

'J-Ja?'

'Hoteldetective,' snauwde ik. 'Regent Palace.' Ik moet zeggen, ik zag er ook uit als een detective, in mijn pak en regenjas. 'U was net in het hotel!'

Ze knikte. Ze keek me aan als een opgejaagd dier. 'Ja, ik ben naar het toilet geweest.'

'Er zijn de laatste tijd heel wat diefstallen gepleegd in het hotel. Ik moet u vragen om met mij naar het hotel te gaan.'

'Diefstallen?' Ze keek verschrikt. 'Weet ik niks van. Ik zat gewoon op de plee. Ik was maar een minuut binnen.' Stomme koe! Zoals ze er bijliep, zou ze meteen iedereen opgevallen zijn. Ze zou niet eens de tijd hebben gehad om een fatsoenlijke diefstal te plegen.

'Het spijt me,' zei ik, 'Maar je moet meekomen om enkele vragen te beantwoorden.'

'O jasses!' Ze beet op haar lip. 'Kijk, ik heb al genoeg ellende aan mijn hoofd. Ik heb geen huis. Ik heb geen werk en geen geld. Kun je me niet gewoon hier even fouilleren of zo. En me dan laten gaan.

Het huilen stond haar nader dan het lachen. Dat was het moment, oordeelde ik, om mijn eindoffensief in te zetten. Ik nam haar van top tot teen op. 'Hmmm. Je wil je wel laten fouilleren, hè?' en zeemzoet vervolgde ik: 'Geen dak boven je hoofd, hè?'

Ze knikte. Ik zag een sprankeltje hoop in haar ogen.

34

'En dan zulk klereweer vanavond. Wat dacht je van een nachtje in een knus appartement?' Ik speelde mijn rol schitterend. 'In een lekker, warm bed?'

'Hoe bedoel je?' begon ze, maar ze wist verduiveld goed, wat ik bedoelde. Ik lachte toen ze zei: 'Je wil dat ik met je...'

Ik grijnsde. 'Dat is precies wat ik bedoel, liefje. Jij bent niet langer verdacht en ik heb ook mijn...' Ik zweeg en lachte opnieuw. Ze aarzelde, maar ze zag in dat ze niet veel keus had. Ze vreesde ongetwijfeld dat ik haar een diefstal in de schoenen zou schuiven, als ze de preutse maagd zou gaan spelen. Ze knikte en keek naar de grond. Toen mompelde ze: 'Oké.'

De rest was simpel. Ik nam een taxi naar mijn flat. Sappho. Droge kleren. Tomatensoep. En het eeuwige leven.

Ze zijn zo lief, die twee daar naast elkaar. Keer op keer ga ik beneden kijken. Ik word sentimenteel.

Ik slenterde langs Pentonville Road en keek in alle portieken van winkels en kantoorgebouwen. Ik miste mijn horloge om mijn linker pols. Ik voegde mijn belager van daarnet toe aan mijn dodenlijstje. *Ratface* en die ongelikte beer. Dit zou een heuse seriemoord worden, als ik zo doorging. Toen kwam ik bij een enorm en vooral onbezet portiek. Ik dook erin maar stond me nog een hele poos af te vragen of ik er zou kunnen slapen. Wat als dit de favoriete slaapstek van een andere zwerver was? Zo'n hulk, zoals daarnet? Stel je voor dat er weer zo'n brutale kerel opdook en dat hij geïnteresseerd raakte in mijn hele hebben en houwen? En alles van me afpakte. Misschien zou hij gewoon een mes tussen mijn ribben steken om het zich toe te eigenen. Anderzijds was het al tamelijk laat, al wist ik niet precies hoe laat. Tuurlijk, maakte ik mezelf wijs, als hier iemand geregeld overnacht, waar is hij nu dan? Ik was trouwens doodop. Ik moest een plek vinden om te slapen en waar dat ook was, ik zou altijd met dezelfde angst blijven zitten. Zodoende.

Ik had me net in mijn slaapzak genesteld en mijn hoofd op mijn rugzak gelegd, toen hij eraan kwam. Ik hoorde voetstappen en dacht, loop door. Ga voorbij. Alsjeblieft, loop door. Maar dat deed hij niet. De voetstappen stopten en ik voelde zijn ogen op mij gericht. Zijn schaduw tekende zich af tegen het licht van de straat. 'Is dit misschien jouw plaats?' vroeg ik met een benepen stem. Stomme vraag. Hij zou bevestigend antwoorden, ook al was het niet waar. Wat ik had moeten zeggen was, hoepel op. Ik vroeg me af hoe groot hij was.

'Nee, je hebt gelijk, maat.' Hij klonk rustig, vriendelijk. 'Schuif gewoon een beetje op, dan kruip ik erbij.' Ik deed wat hij vroeg en hij kroop naast me, zodat we elkaar haast aanraakten. Het deed deugd niet alleen te zijn. Als er nu nog iemand opdook, hoefde ik me geen zorgen meer te maken. Wij waren met zijn tweeën.

Ik vond dat ik iets moest zeggen en dus vroeg ik: 'Doe je dit al lang?' Ik hoopte maar dat hij niet beledigd zou zijn.

'Zes, zeven maanden,' zei hij. 'Jij?'

'Eerste nacht.'

Hij grinnikte. 'Dacht ik al. Waar kom je vandaan?'

'Uit Noord-Engeland.'

'Ik uit Birmingham.'

'Dacht ik ook al.' Dat was riskant, dat grapje over zijn accent. Maar hij grinnikte alleen maar.

'Ginger is de naam,' zei hij en hij wachtte.

Ik wilde hem mijn echte naam niet zeggen. Tegen niemand. Schone lei, weet je wel. Hij had me trouwens ook zijn echte naam niet verteld. Ginger was zijn bijnaam.

'Link,' zei ik. Ik had het eerder die dag op een wegwijzer zien staan.

'Juist!' zei hij, waarmee hij zoveel wilde zeggen als: ik geloof je niet maar het is niet erg.

'Toevallig geen sigaret op zak?' vroeg hij.

'Ik rook niet,' Voor één keer wilde ik dat ik wel rookte.

Hij lachte nog eens en zei. 'Dat komt nog wel.

'Hoe bedoel je?'

'Al honger geleden? Ik bedoel ècht honger?'

'Nee.'

'Nee. Wel als je echt honger hebt, dan helpt roken. Verzacht de pijn.'

'Heb jij honger, Ginger.'

'Beetje. Waarom? Heb je wat te bikken?'

'Ik heb een Snicker in mijn zak. Wil je hem hebben?'

'Hoef jij hem niet?'

'Nee. Ik heb geen honger.' Dat was weliswaar niet helemaal de waarheid, maar ik hoopte dat ik een vriend gevonden had en ik wilde bij hem blijven. Ik opende mijn rugzak en rommelde er wat in, tot ik de reep vond.

'Pak aan.'

'Hé, bedankt maat. Zeker weten dat jij hem niet hoeft?'

'Nee.'

'De helft?'

'Nee, eet hem op.' Ik gespte de rugzak weer dicht en ging liggen. Ik hoorde hoe hij de reep opat. Hij was uitgehongerd, merkte ik. Toen hij klaar was, zei hij. 'Da's beter. Terusten, Link.'

'Welterusten, Ginger.'

Zo ontmoette ik Ginger.

Ik heb geslapen, want de volgende ochtend voelde ik hoe iemand me zachtjes wakker schudde. Een stem zei: 'Wakker worden, sunshine, kom maar mee.' Ik trok mijn ogen open, maar kneep ze onmiddellijk weer dicht voor het licht van een zaklantaarn. Eerst dacht ik dat Ginger van gedachten veranderd was en me er toch uit wilde gooien. Maar toen ik helder begon te denken, begreep ik dat het de politie was. Ik zat meteen overeind. Het was nog donker en bitter koud toen ik uit mijn slaapzak kroop.

Er stonden twee agenten - een man en een vrouw - voor mijn neus. Zodra ze ons gewekt hadden, deden ze een stapje terug en keken toe hoe wij onze slaapzakken oprolden en aan onze rugzakken vastmaakten. 'Vergeet dat niet,' zei de agent en hij liet het licht van zijn zaklamp over de wikkel van de Snicker schijnen. Ginger raapte hem op en propte hem in zijn broekzak. Ik dacht dat ze ons zouden arresteren, maar niets daarvan. Zodra we bepakt en bezakt waren, wandelden ze verder en schenen met hun licht in de andere portieken.

'Hoe laat is het?' vroeg ik, zodra we, verdoofd van de kou, in het licht van een straatlantaarn stonden. Ginger schudde zijn hoofd. 'Weet ik niet. Zes uur ongeveer, denk ik.' 'Waarom deden ze dat? Ons wakker maken, bedoel ik.' 'Waarom?' Hij lachte grimmig. 'Omdat we voor de deur van een ander sliepen. De eigenaar vindt het vast niet leuk om ons op zijn drempel te vinden, als hij de deur opentrekt.' Daar kon ik niets tegen inbrengen en daarom vroeg ik maar: 'Wat doen we nu?' Hij keek me aan. 'Heb je geld?' Ik knikte. 'Negen pond en wat kleingeld.' 'Zin in koffie en een hapje?' 'Ik wel!' Ik was uitgehongerd. 'Jij?' Hij lachte. 'Je hoeft me heus niet te voeden, hoor, omdat we toevallig in dezelfde portiek geslapen hebben. Mensen zoals wij moeten alleen voor zichzelf zorgen. Zeg dus maar tegen niemand anders dat je negen pond op zak hebt, want dat duurt dan niet lang meer.' Ginger wist een *coffeeshop* die de hele nacht open was. Daar trokken we naartoe. Het was er warm en licht en het rook er zo lekker dat ik onmiddellijk begon te watertanden. Het was tien voor half zeven op de klok. We waren de enige klanten.

We schrokten een broodje naar binnen, slurpten aan onze koffie en praatten wat. Ginger vroeg me naar mijn plannen. Ik vertelde hem dat ik werk zocht in afwachting van de beslissing van de sociale dienst. Toen ik hem vertelde wat ik hen verteld had, over mijn situatie thuis en zo, schudde hij zijn hoofd. 'Tijdverlies, vent. Die beslissing is me nu al duidelijk. Ze zullen zeggen dat je jezelf dakloos hebt gemaakt, omdat je vrijwillig thuis bent weggegaan.'

'Denk je dat ik geen steun kàn trekken?'

'Nog geen halve penny, kerel. Geloof me. Ik heb het al vaak genoeg meegemaakt.'

'Maar hoe - als ik geen steun trek - waarvan moet ik dan leven?'

Hij lachte.

'Zo goed en zo kwaad als je kunt, zou ik zeggen, Link, beste kerel. Zal hen worst wezen. Trekt niemand zich wat van aan. Dat is je eerste les.'

Hij glimlachte.

'Waarom denk je dat zoveel jongelui in de straten lopen te bedelen? Omdat ze dat graag doen, misschien?'

Ik schudde mijn hoofd. 'Raak jij zo aan geld? Door te bedelen?'

'Jep. De hele dag, elke dag. En soms krijg ik niet eens geld voor een broodje ham bij elkaar.'

'Geven de meeste mensen dan niets?'

'Juist!' Hij glimlachte opnieuw. 'Weet je wel hoe lichtgelovig de mensen zijn?'

'Hoezo, lichtgelovig?'

'Ze geloven alleen maar wat de *Sun* schrijft. En je weet wat de *Sun* schrijft. De *Sun* en al die andere pulpbladen.'

Ik schudde mijn hoofd.

'Dan zal ik je dat eens vertellen. Ze schrijven dat al die dakloze jongeren helemaal niet zo dakloos zijn. Ze schrijven dat we alleen maar uit zijn op het geld van eerzame burgers. En dat we dan 's avonds braafjes naar onze mama's gaan met veertig of vijftig pond op zak. En daar kopen we dan drugs en drank van.'

'Je liegt.'

'Ik lieg? Geloof me nou maar! En die lichtgelovige lamstralen slikken dat. En daarom geven ze niets.'

'Maar dat is toch allemaal gelogen?' Ik schreeuwde boos.

40

'Zulke onzin moesten ze bij wet verbieden.'

'Dat is waar,' lachte hij. 'Maar zo'n wet komt er niet. Want dat is nou precies persvrijheid.'

Ik keek hem aan. 'Als ik dus geen geld meer heb, zal ik ook moeten bedelen?'

'Ik zou niet wachten tot het op is, kerel. Zoals ik al zei, op sommige dagen scharrel je geen tien pence bij elkaar. Als ik in jouw plaats was, dan begon ik er vandaag al mee.'

We bleven in de warme coffeeshop zitten, tot de eerste ontbijtklanten binnenkwamen en de eigenaar ons boze blikken toewierp.

'Kom mee,' zei Ginger. 'We kunnen hier niet blijven, want dan laat hij er ons de volgende keer gewoon niet meer in.' Hij stond op en gooide zijn pak over zijn schouder. 'Achterin kunnen we ons wassen. Ik wijs het je.'

We wasten ons en liepen het restaurantje uit. De dag brak aan. Ik liep met Ginger door de ochtenddrukte en hoopte dat hij mijn gezelschap verdroeg. Ik had het gevoel dat hij veel wist van wat ik moest leren, om in deze immense jungle te overleven.

Het was een gure ochtend. De ijzige wind sneed dwars door je heen. Ik dacht dat Ginger uitkeek naar een geschikt plekje - ergens uit de wind, met veel voetgangers in de buurt - maar hij liep gewoon door. We stapten naar het zuiden van de stad en ik dacht: ik wilde dat Engeland geen eiland was. Dan liepen we toch gewoon door naar Spanje of Noord-Afrika.

Na een tijdje vroeg ik: 'Waar gaan we naartoe?' Hij antwoordde: 'Geen idee. Met dit weer moet je blijven bewegen.'

Het was intussen volop dag geworden en het was druk op straat. Het viel me op hoeveel voorbijgangers de straat overstaken of in een boogje om ons heen liepen, om ons te ontwijken. Af en toe veranderde Ginger van richting en hield

41

hij iemand tegen. 'Heb je niet wat pennies op zak, maat?' vroeg hij dan, maar meestal liep de aangesprokene gewoon door zonder wat te geven.

Om ook wat om handen te hebben, begon ik de verschillende reacties te bestuderen. Sommigen liepen gewoon door, zonder een krimp te geven. Anderen keken je boos na, persten hun lippen op elkaar en deden of ze beledigd waren. Dan waren er nog de hoofdschudders, de zakkenkloppers en de schouderophalers, die met hun mimiek te kennen gaven dat ze geen geld op zak hadden. En tenslotte had je ook nog diegenen die een paar onverstaanbare woorden mompelden, zodat je niet wist of ze nu 'sorry geen geld' of 'rot op, vent' zeiden. Eén keer hield Ginger een militair uitziend heerschap tegen. Hij bekeek Ginger van top tot teen, toen die vroeg, 'Kun je er niet wat pennies afknijpen, maat?' Hij antwoordde: 'Afknijpen? Ik zou jou wel eens willen afknijpen, als ik je zes weken in uniform kon hebben.'

Er waren dus een heleboel 'lichtgelovige lamstralen' op de wereld. Gelukkig waren er ook af en toe mensen die wèl gaven. Zij wroetten in hun jaszak tot ze wat pennies bij elkaar hadden. Die gulle gevers bestonden ook in twee soorten. De een keek je minachtend aan. De ander verontschuldigend. De minachters keken vanuit de hoogte op je neer, visten in hun zakken en lieten de muntstukken achteloos in je hand vallen. 'Daar,' zeiden ze en liepen door met hun neus in de lucht.

Het verontschuldig-mij type keek je echt gegeneerd aan, haalde al het kleingeld uit zijn jas tevoorschijn en gaf het je. Meestal mompelden ze nog een paar woorden, zoals 'Dat is alles wat ik heb,' of 'Sorry, maar ik heb daarnet ook al gegeven aan een jongeman in een portiek.' Vervolgens stopten ze Ginger het geld toe, zonder te kijken hoeveel ze precies gaven. Als ze dan verder liepen, keken ze nog eens met een verontschuldigende glimlach om.

Eén van die gulle gevers keek mij argwanend aan. Hij vroeg zich wellicht af of hij mij ook iets moest toestoppen.

Zo legden we kilometers af. We strompelden half bevroren door Tottenham Court Road en verder naar Shaftesbury Avenue. We staken Piccadilly Circus over en liepen langs Piccadilly tot Ginger opeens stopte en met zijn hoofd naar een mooi smeedijzeren hekwerk knikte.

'We zijn er, broer.'

'Het lijkt wel een kerk,' zei ik.

Hij grinnikte. 'Is het ook. St. James. We kunnen er even gaan rusten en we zitten er uit de wind.'

'Mogen we er binnen?'

'Ja hoor. Je kunt er de hele dag liggen snurken in een bank. Overdag tenminste. 's Nachts sluiten ze de boel af.'

We stapten naar binnen. Het zag er prachtig en schoon uit - met veel wit en goud, vazen vol bloemen en geboend hout. De enige persoon in de kerk was een bezopen vagebond die in één van de laatste banken binnensmonds zat te mompelen. Toen we hem voorbijliepen, keek hij niet eens op. We schoven ook in een rij en lieten onze rugzakken van onze schouders glijden. De beschutting van de kerk was een hele opluchting. Ik verbaasde me erover dat we hier zomaar naar binnen konden lopen. Het was net of ik deze kerk met valse voornemens binnenging. Ik vroeg me af of ik moest bidden of zo, maar Ginger wenkte me en grinnikte. Toen begon hij het geld waar hij om gebedeld had, te tellen.

'Een pond en vierenzeventig pence,' meldde hij na het tellen. 'En een peso. We kunnen lunchen met echte kaasbroodjes, Link ouwe jongen. Ze hebben hier overheerlijke kaasbroodjes.'

'Hier?' Ik dacht dat hij me wat wijsmaakte.

'O ja. Er hoort een cafetaria bij de kerk.

'Je meent het?!'

'Ga maar kijken als je me niet gelooft.'

Ik schudde mijn hoofd. 'Jij kent de zaak. Ik geloof je wel. Maar... dat is jouw geld, niet het mijne. Ik heb niets gedaan.'

Hij keek me aan.

'Wie heeft ons ontbijt betaald?'

'Dat was ik, maar...'

'Geen gemaar. Jij haalt, ik betaal.' Hij glimlachte. 'Jij ziet er nog iets beschaafder uit dan ik. Ze zullen denken dat je een toerist bent.'

Er wàs een cafetaria en ze hàdden fantastische kaasbroodjes. We aten ze op in de kerk, wat me wel een beetje respectloos leek, maar ik suste mijn geweten door mezelf wijs te maken dat Jezus ook in andermans huis gegeten had. Hij zou er dan wel geen bezwaar tegen hebben, dat wij in het Zijne aten. Op dat moment was ik - denk ik - echt gelukkig. Ik had een vriend, een volle maag en een dak boven mijn hoofd. Wat kon ik me meer wensen?

Dagelijkse routineopdracht 8

Het is weer gebeurd. Ik was op inspectieronde in theaterland, toen twee kerels me tegenhielden. Eén van hen - de vieste van de twee - bedelde om geld. Ik antwoordde op mijn gewone manier, maar toen ik verder wandelde, hoorde ik ze heel duidelijk lachen. Ik hoop voor hen dat ze hun gevoel voor humor niet verliezen, want ze zullen het nodig hebben binnenkort. Ik vergeet niet gauw gezichten. Bij onze volgende ontmoeting zal ik meer reden tot lachen hebben dan zij! Zeker weten!

We bleven in St. James tot ongeveer twee uur. Het was er niet warm, maar we waren beschut tegen de wind. Eindelijk zei Ginger: 'Ik ga mijn geluk in de buurt van Trafalgar Square proberen. Ga je mee?'

Ik knikte. 'Als je dat goed vindt. Het is tijd dat ik voor mezelf ga zorgen, maar ik voel me meer op mijn gemak met jou in de buurt.'

Hij knikte. 'Geen probleem. Hoor eens, jij probeert het op de trappen van de National Gallery. Het is wel geen hoogseizoen, maar er loopt altijd volk rond. En vanaf de trappen kun je Trafalgar Square overzien.'

We wandelden langs Piccadilly, voorbij Haymarket en zo naar Pall Mall. Het was weliswaar niet druk aan de Gallery, maar geregeld liep er toch iemand in of uit. Sommigen zaten, ondanks de kou, op de trappen. Daar liet Ginger me achter. Ik zag hem tussen het volk verdwijnen. Toen richtte ik mijn aandacht op mijn eigen job.

Het was moeilijk. Erg moeilijk. Ik stond er maar wat naar de mensen te kijken, op zoek naar een geschikt slachtoffer. God weet hoe die eruit moest zien. Een vriendelijk gezicht? Of toch tenminste iemand die me niet zou uitschelden of een vuist voor mijn neus zou zwaaien. Het was zinloos natuurlijk. Je kunt het karakter van mensen nu eenmaal niet altijd van hun gezicht aflezen. Je weet nooit hoe zo'n voorbijganger gaat reageren, toen had ik dat nog niet door.

Tenslotte pakte ik al mijn moed samen en hield de eerste de beste voorbijganger aan. Hij snauwde: 'Vergeet het maar!' en liep de trappen met twee treden tegelijk op. De vijf minuten die daarop volgden, voelde ik me rot. Afgewezen. Ik vroeg me af hoe het mogelijk was dat iemand wel gevoelig was voor kunst, maar ongevoelig voor het lot van zijn medemens.

Ik nam het persoonlijk op, wat uiteraard dodelijk is. Het duurde niet lang voor ik dat begreep en er mensen uitpikte, zonder er wat dan ook van te verwachten. Mannen en vrouwen door elkaar. Of ze wat gaven of niet, ik wenste ze allemaal een leuke dag. Op die manier plantte ik het mes van mijn eigen gevoeligheid in de dorre bodem van hun onverschilligheid, tot ikzelf al even onverschillig werd. Vanaf dat moment was het makkelijker.

Ik werkte door tot de Gallery sloot. Soms stond ik overeind, dan weer ging ik erbij zitten. Mijn voeten deden pijn en ik was half bevroren, maar ik bleef op mijn post. Toen de zaak tegen de avond dichtging en de voorbijgangers schaarser werden, telde ik wat ik bij elkaar gebedeld had. Ik kwam uit op vier pond. Ik strompelde over het plein en vond Ginger uitgezakt op een bank. Hij keek op toen ik bij hem kwam.

'Hoe ging het?'

Ik haalde mijn schouders op. 'Drie pond en eenentachtig pence. Jij?'

'Twee vierenveertig en door en door bevroren. Laten we wat gaan bikken.'

We kochten een pizza en cola. Toen Ginger even niet keek, kocht ik twee sigaretten en een goedkope aansteker en gaf ze hem. Hij zei: 'Je bent een heilige, kiddo. Je rookt niet eens zelf!'

Maar ik was gewoon blij met zijn gezelschap, al zei ik dat niet.

's Avonds werd de wind nog guurder en er viel natte sneeuw uit de hemel. Al viel hij niet ècht naar beneden, nee, hij dreef mee met de wind in horizontale strepen. Hij geselde je voorhoofd en wangen. Ik wilde dat we weer in St. James waren, maar Ginger zei dat de kerk nu wel gesloten zou zijn. Tenslotte vonden we 'onderdak' in het portiek van een porseleinwinkel op de Strand. We kropen weg in onze slaapzakken en wachtten tot de voorstelling in het Vaudeville Theater afgelopen was.

'Daar,' wees Ginger klappertandend, 'daar zijn nissen, jongen. Diepe! Goeie plek om te slapen, maar je moet wel snel zijn.'

Hij stak een sigaret op en inhaleerde diep. Toen gaf hij ze door aan mij. Ik aarzelde en hij grinnikte, terwijl hij de rook uitblies. 'Toe maar, probeer het. Je wordt toch geen zestig als je buiten blijft slapen.'

Ik zoog aan de sigaret en begon meteen te hoesten. Ginger lachte. 'Zie je wat ik bedoel?' zei hij. 'Je bent op de goeie weg!'

Misschien denk je dat het leven er voor een dakloze hoofdzakelijk uit bestaat om elke dag een droog plekje te vinden en dan te pitten. Fout! Oké, je kunt het natuurlijk ook niet helpen, want als je het nooit zelf geprobeerd hebt, kun je ook niet weten hoe het wèrkelijk is. Daarom zal ik je nu even zo'n typisch nachtje beschrijven. Die nacht aan het Vaudeville Theater telt niet mee, want toen waren we met zijn tweeën. Als je alleen bent, is het harder.

Je kiest dus je plekje uit. Waar dat ook is, je bed zal altijd van steen, beton of tegels zijn. In ieder geval is het hard en koud. Tenzij je in een kraakpand of een leegstaand huis terecht kunt.

Verder zul je merken dat je nooit plaats genoeg hebt. Winkelportieken zijn nu eenmaal niet breed. En denk eraan, in de winter ben je al half bevroren, nog voor je je genesteld hebt. Maar kom, je hebt je plekje en met een beetje geluk heb je ook je slaapzak nog, die je kunt uitrollen en waar je in kunt kruipen.

Klaar voor de nacht? Misschien wel, misschien niet. Herinner je nog mijn eerste nacht? Met die bullebak?

Natuurlijk herinner je je het nog. Hij joeg me weg en pikte ook nog mijn horloge. Wel, zoiets kan elke nacht gebeuren en dat is nog niet het ergste.

Je kunt ook nat gepist worden door een dronkelap of een hond. Gebeurt voortdurend; de een zijn bed is de ander zijn toilet. Je kunt ook aangevallen worden door een bende zuipschuiten, altijd op zoek naar iemand om kreupel te slaan. Ook dat gebeurt voortdurend. Als ze van geen ophouden weten, dan eindig je als een lijk. Dan zijn er nog de kerels die van jongens houden. Ze denken - omdat je dakloos bent - dat je voor een handvol geld alles doet. En tenslotte kan nog altijd een of andere psychopaat een mes tussen je ribben planten, omdat hij het op je rugzak gemunt heeft.

Dus lig je daar te luisteren. Zeker weten! Voetstappen? Stemmen? Een hijgende adem? Het helpt je niet om in te slapen. Dan zijn er nog de blauwe plekken. Hoezo blauwe plekken? Slaap jij maar eens een half uur op een stenen vloer. Een half uur is genoeg. Je maakt het je maar zo gemakkelijk mogelijk en je mag je zo vaak keren of draaien als je wilt. Je zult het niet erg comfortabel vinden, dat kan ik je wel verzekeren. En je zult ook niet inslapen, tenzij je stomdronken of apestoned bent. Als je toch slaapt, dan ontwaak je met blauwe plekken op je heupen, je schouders, je ellebogen, je knieën. Zeker als je vel over been bent, van het schaarse eten. Doe je dat een zestal uur per nacht, zes nachten achter elkaar, dan is het net alsof je uit een trein bent gevallen. Probeer het maar eens op beton.

En vergeet de kou niet! Heb je al eens geprobeerd om met verkleumde voeten in te slapen? Zelfs in bed is het een nachtmerrie. Je moet eerst en vooral die voeten warm krijgen. Of wakker blijven. In januari is dat in zo'n portiek en met een nat trainingspak geen sinecure. Als het lukt, dan moet je er in het holst van de nacht uit om te gaan plassen.

Zodat je weer opnieuw kunt beginnen.

En dat zijn maar enkele van de vele ongemakken. Ik heb het nog niet gehad over maagkrampen door de honger, of hoofdpijn van de griep, kiespijn en vlooien en luizen. Ik heb je nog niet verteld van de heimwee en de wanhoop. Ik heb nog niets gezegd over hoe het voelt om naar een meisje te verlangen, goed wetend dat je geen schijn van kans hebt er ooit één te vinden. Of over het feit dat je een marginaal figuur bent, een on-mens die van het gewone leven is uitgesloten.

Zo. Daar lig je dus met je blauwe plekken, te luisteren. Je probeert je voeten warm te houden. Je rolt je op een zij en je heup doet pijn. Je strekt je dan maar uit op je rug, maar dan heb je ijskoude voeten en het beton doet pijn aan je hielen. Je dwingt jezelf een poos stil te liggen. Dat helpt om naar dromenland te reizen, hoop je. Maar ook dat werkt niet. Je rugzak is zo hard als een rotsblok en je neus is bevroren. Je vraagt je af hoe laat het is. Kun je gerust zijn? Of kan er nog altijd iemand komen? In de verte hoor je een klok slaan. Je spitst je oren om de slagen te tellen. Eén uur? Het is toch later dan één uur? Ik lig hier al een halve nacht. Heb ik een slag gemist?

Wat is dat? Het hijgende geluid van een maniak. Lig stil! Stil! Misschien ziet hij je niet. Luister. Is hij er nog steeds? Stilte. Zal ik overeind krabbelen? Nee. Relax. Jasses, mijn voeten zijn koud.   ·

Dan sluipt opeens een gedachte in je hoofd. Je kamer thuis. Je bed. Wat zou je er niet voor geven, nee, niet doen. Je mag er niet aan denken. Zo kun je zeker niet slapen. Misschien slaapt op dit ogenblik iemand anders in die kamer. Warm en droog. Veilig. Geluksvogel!

Eten. God, begin nu niet aan eten te denken. Denk aan die tijd in Whitby, vis en friet en koffie. Een groot stuk hete schelvis, een berg friet. Zoveel dat je het niet op kon! Had je dat nu maar.

Ma. Ik vraag me af wat ma nu doet. Zou zij zich afvragen waar ik uithang? Wat zou ze voelen, als ze het wist. Ik mis je ma. Mis jij mij ook? Mist iemand me wel?

De klok slaat alweer. Kwart over. Kwart over één? Ik kan het niet geloven.

De sociale dienst. Zouden ze positief reageren op mijn aanvraag (nu natuurlijk niet, nu slapen ze, lekker onder hun deken naast de wekker). Hebben zij er een idee van wat het is om op straat te slapen? Nee.

Zo gaat het maar door, uur na uur. Af en toe dommel je even in, maar lang duurt het niet. Je hebt het zo koud, je bent zo bang, je hebt overal pijn, zodat je op het laatst bidt, dat het weer snel ochtend mag worden. Al ben je nog zo uitgeput. Ook als morgen even troosteloos zal zijn als gisteren. En het ergste is, dat je dit niet verdiend hebt.

Ik liep de volgende dag het hele eind naar de sociale dienst, maar Ginger had gelijk. Ik werd ontvangen door een kerel die me vertelde dat ik van huis weggelopen was en dus geen recht had op een uitkering. Het was niet mijn bedoeling om mijn hart uit te storten, maar ik deed het. Ik was vuil, verkleumd en hongerig. Mijn voeten deden pijn. Ik was doodop en kon nauwelijks een volledige zin uitspreken. Ik had er genoeg van en ik vertelde hem allès. Alles! Over Vince en mijn ma, Vince en Carol, Vince en mezelf. Ik dacht dat hij zou begrijpen waarom ik niet terug kon, maar ik had even goed tegen de stenen leeuwen op Trafalgar Square kunnen praten. Hij zat daar maar en keek me door zijn lichtblauwe brilleglazen aan. Toen ik klaar was, herhaalde hij woord voor woord en zonder een spier van zijn gezicht te vertrekken, wat hij me eerder had verteld.

Ik had met Ginger afgesproken bij Cleopatra's Needle. Het was slecht weer en ik zag op tegen een tweede, lange wandeling, dus nam ik de metro van Euston tot Embankment. Ik was vroeg en Ginger was er nog niet. Zo liep ik een paar ellendige uren te bedelen langs de rivier. Ik had het koud en was doorweekt, maar ik kreeg niets bij elkaar. Uiteindelijk gaf ik het maar op en schuilde onder een brug in de ijzige tocht. Ginger had me twee sigaretten gegeven, en dus vroeg ik iemand een vuurtje en rookte ze alle twee op. De tweede stak ik op met de peuk van de eerste. Ik scheurde zowat van de honger en van het roken werd ik misselijk, maar het kalmeerde ook. Toen ik de sigaretten opgerookt had, telde ik mijn geld en ontdekte dat ik nog maar vier pond overhield. Vier pond en zestien pence, om precies te zijn. Ik moest iets eten en wilde me ook wassen. Dus ging ik op zoek naar een hotdogkraam of iets dergelijks. Ik vond een openbaar toilet waar ik mijn handen en mijn gezicht kon wassen. Daarna voelde ik me al iets beter, maar eten vond ik niet.

Ik liep terug naar de Needle en deze keer zat Ginger te wachten. Hij zat op zijn rugzak met een vuilniszak over zijn hoofd en schouders.

'Leuke outfit,' zei ik.

'Past me wel, hè?' Hij stond op en draaide eens rond op zijn hielen: 'Burlington Arcade. Vierhonderd pond. Hoe ging het vandaag?'

Ik vertelde het hem en hij haalde zijn schouders op. 'Dat is dat. Je zult Buckingham Palace moeten opgeven. Iets compacters zoeken. Een kartonnen doos, bijvoorbeeld.

Hij was uitgehongerd, net als ik en daarom vertrokken we van de oever van de rivier, op zoek naar een pizza. Het begon alweer te schemeren. We aten in een portiek en hij zei: 'Wat dacht je van een echt bed, vannacht, Link mijn jongen.

Een dak boven je hoofd en zo.'

Ik keek hem vragend aan. 'Leger des Heils of zo?'

'Nee!' Hij schudde zijn hoofd. 'Daar moet je het niet zoeken. Zit vol met stapelgekke idioten. Ik ben er eens één nacht gebleven, ik kreeg er de schrik van mijn leven. Nee, ik dacht aan Captain Hook.'

'Wie?'

'Captain Hook.'

Ik keek hem aan. 'Vertel op, daar wil ik wel intrappen. Wie is Captain Hook?'

Hij schudde zijn hoofd en grinnikte: 'Het is geen grapje, maat. Het is echt. Laten we ergens een koffie drinken, dan vertel ik je alles over hem.'

Dagelijkse Routine opdracht 9

Drie is een veelbetekenend getal. Je vindt het op alle mogelijke plaatsen. Drie keer hoera. De drie Musketiers. Drie wensen. Drie blinde muizen. De heilige drievuldigheid. De drie kleine biggetjes. Driemaal is scheepsrecht. Een veelbetekenend getal.

Ik heb nu drie rekruten. Bij één werd ik een moordenaar. Bij twee was ik een dubbele moordenaar. En bij drie ben ik wellicht een massamoordenaar. Een 'serial killer', zoals de Yankees zeggen. Als ze me nu pakken - wat uiteraard niet gebeurt - dan maken ze vast een film over mijn leven.

Natuurlijk heb ik ze net als in het leger netjes in het gelid. De grootste links, de kleinste rechts. Ze zien er schattig uit. Zeker nu ik hun haren geknipt heb. Ik ga proberen of ik ze geen laarzen aan kan trekken. Of tenminste toch degelijke schoenen, iets glimmends. Nu hebben ze nog van die afgetrapte sportschoenen aan.

Ik had gisteren een hele klus aan de inlijving van rekruut nummer drie. Maar dat was de helft van het plezier. Je zult zo weten wat er zo lastig aan was, maar laat ik bij het begin beginnen. Omstreeks acht uur vertrok ik op nachtpatrouille. Het was een onaangename avond. Wind en regen. Met andere woorden, ideaal voor mijn opdracht. Ik liep naar Gloucester Avenue en daalde de trappen af naar de oever van het Grand Union Canal om zo naar Camden Lock te wandelen. Daar kreeg ik hem in de gaten. Het was een miserabel creatuur met van die vette rattestaarten tot op zijn schouders. Hij had een paar stukken karton verzameld en was bezig zijn bedje te spreiden onder de trap, toen ik voorbijkwam. Het was er vrij droog en het was duidelijk dat hij er wilde overnachten.

Ik had mijn weldoenersplunje aan en toen ik dichterbij kwam, keek ik hem bezorgd aan. 'Je gaat hier toch niet slapen?'

Hij was achterdochtig. O ja. Hij keek me aan en ik wist meteen dat hij geen beginneling was. 'Heb jij soms een beter idee,' snauwde hij me toe.

Ik haalde mijn schouders op en toverde het meest verontschuldigende lachje op mijn lippen. 'Het spijt me!' zei ik. 'Het is maar dat het zo koud is en dus vroeg ik me af waarom je je geluk niet probeerde in het Splender Street Opvanghuis.'

'Er is geen opvanghuis in Splender Street,' zei hij. 'En trouwens, die opvanghuizen zijn rond deze tijd volgeboekt.' Hij staarde me aan. 'Wat maakt het jou uit. Maak je soms een geintje, opa?'

'Geen geintje.' Ik glimlachte met mijn vriendelijkste lach. 'Er is een opvanghuis in Splender Street. Het is pas nieuw en haast niemand kent het. Daarom is het er niet druk.'

'Hoe weet jij dat allemaal?'

'Ik ben de beheerder,' loog ik. 'Ik run de tent.'

'Waarom zit je daar dan niet?'

Hij was bij de pinken, deze jongen. Ik zou al mijn talenten moeten aanwenden.

'Ik moet even naar huis,' zei ik. 'Om Sappho eten te geven. Ik woon er zelf niet, zie je.'

'Sappho?'

'Mijn kat.'

Hij sneerde: 'Die stomme kat heeft een beter nest dan ik. Beter vreten op de koop toe.' Hij nam me op. 'Zo, jij runt die plek?'

'Dat is juist.'

'En het is niet vol?'

'Niet toen ik er vertrok.

'Dan zit er toch een geurtje aan.' Hij keek me van opzij aan. 'Hoeveel?'

Ik schudde mijn hoofd. 'Niets. Geen geurtje. Het is gratis, ontbijt inbegrepen.'

'Als ik er dus naartoe ga, dan...'
Ik grinnikte. 'Als je er nu naartoe gaat is het misschien. Als je met mij meegaat, is het zeker.'
'Waar woon je?'
'Niet ver, Mornington Place. Ken je het?'
Hij knikte. 'Ken ik. Oké, ik ga mee. Maar geen grapjes, opa. Want als het niet is zoals je zegt, dan trap ik je ingewanden eruit.'
En zo liet hij zijn kartonnen dozen achter, pakte zijn spullen en liep met me mee. En terwijl we naar mijn huis liepen, praatten we.
'Waar kom je vandaan,' vroeg ik hem. Het kon me geen moer schelen waar hij vandaan kwam, ik wist precies waar hij heen ging!
'Leicester.'
'Leicester? Geen werk daar, hè?'
Hij schudde zijn hoofd. 'Zes maanden lang heb ik brieven geschreven, sollicitatiegesprekken gehad. Noem het maar op. Zonder resultaat.'
'En toen dacht je, ik probeer het eens in London.'
'Niet onmiddellijk. Ik ben eerst in dienst gegaan.'
Wel, je kunt ervan op aan dat ik op dat ogenblik een en al aandacht was. 'Het leger?' zei ik. 'Waarom ging je er weg?'
Hij haalde zijn schouders op. 'Kon het niet uitstaan. Bende brulapen die de hele dag tegen je staan te schelden. Zeggen voortdurend wat je moet doen. En het vreten, getver! Ik heb mezelf vrij gekocht.'
'Hmmm, wel. Niet iedereen heeft het leger nodig om man te worden, mijn idee. Het stikt er trouwens van de fascisten.'
Inwendig kookte ik, maar ik verraadde me niet. Ik was fantas-tisch. Bende brulapen, nou en of!
'Ik weet niks van fascisten,' antwoordde hij. 'Politiek interesseert me niet. Maar je moet wel helemaal besodemieterd zijn

om in het leger te blijven.' Hij spuugde naast het trottoir. 'Dan nog liever overleven in de goot!'

Juist kerel, dacht ik. Jij weet het nog niet, maar ik ga je inlijven in een ander legertje. Een heel klein legertje nog, maar het kent geen vrijwilligers en je kunt jezelf ook niet vrijkopen. Vergeet dat maar!

Ik gaf mezelf de goede raad om hem in de gaten te houden. Het was geen groentje. Toch ging het makkelijker dan verwacht. Het softe baasje hurkte op mijn keukenvloer om met dat stomme beest te stoeien. Ik verkocht hem een dreun met een blik kattevoer. Ik weet hoe je moet doden. Ik weet precies waar je moet mikken om het goed te doen. En zal ik je nog eens wat vertellen? Die jongen lijkt er geschoren en geknipt veel fatsoenlijker uit dan met die verdraaide dreadlocks. Zijn moeder zou trots op hem zijn.

Ik haalde een kop koffie in een pizzeria die we samen deelden, terwijl Ginger me vertelde over Captain Hook.

'Die man, Probyn heet hij, koopt een paar jaar terug zes versleten binnenschepen. Voor geen geld en met het vaste voornemen ze op te lappen en te verhuren voor tochtjes op het kanaal. Maar hij komt erachter dat dat oplappen hem een flinke stuiver gaat kosten en dus heeft hij een beter idee. Hij heeft al die jongens in de straat zien slapen en hij denkt: Idee! Drijvende slaapplekjes voor de jongens. Geweldig. Droog, uit de wind en geen gehannes met gekken of smerissen. Drie pond per nacht. Hij haalt er alles uit om meer plaats te maken op of onder het dek en rekent uit dat er zo'n zestig man in één bootje passen. Zes boten, dat maakt driehonderd zestig jongens zoals wij. Drie pond per nacht, dat geeft duizendtachtig pond. Natuurlijk loopt het in de praktijk zo'n vaart niet. Hij heeft haast nooit een vol huis. Zelfs niet in de winter. Want het is geen makkelijke opgave om drie pond bij elkaar te bedelen en sommige gasten houden niet zo van dat opgesloten gevoel. Maar slecht gaan de zaken nu ook weer niet.'

Ginger onderbrak zijn verhaal voor een teug koffie en ik viel hem in de rede: 'Maar er zijn toch regels en voorschriften? In verband met brandveiligheid en zo? Is het allemaal wettig wat hij doet?'

Ginger haalde zijn schouders op. 'Brand, gezondheid, hygiëne, daar zal hij wel niet mee in orde zijn, maar wie trekt zich daar wat van aan. Ik wil maar zeggen, hij houdt die jonge snaken van de straten. Stopt ze waar de toeristen ze niet zien. En dus knijpt de wet een oogje dicht.'

'En waar huist die kerel? Waar liggen die boten?'

'In de buurt van Camden Lock. Zie je het al voor je? Eén nachtje onder dak?'

Ik wist het niet. 'Het klinkt wel goed, maar ik heb niet zoveel cash meer. Drie pond voor een bed? Dan ben ik blut.'

'Maak je maar geen zorgen,' grinnikte hij. 'Ik kwam vandaag een kerel tegen waarvan ik nog tien pond tegoed had. Had hij wel niet, maar hij gaf me er toch zeven. Het geluk lacht ons toe.'

'Werkt hij dan?'

'Een beetje. Krantenventer. The Big Issue. Verkoopt ze voor vijftig pence en mag er dertig houden. De geluksvogel.'

Hij keek me aan. 'Doe je mee?'

Ik knikte en dus liepen we met gebogen hoofden tegen de wind onder Gingers vuilniszak. Twee eenzame zielen op weg naar nergensland.

Ik heb ooit eens een prent gezien van het ruim in een slavenschip. De slaven zaten er opeengepakt als sardientjes in een blik. Zo was het ook ongeveer op die boot waar Ginger en ik uiteindelijk aanmonsterden.

Op de oever, waar Probyns kantoor stond in een geel, plastic schuilhokje, namen we afscheid van onze zes pond. Hij leek helemaal niet op Captain Hook. Hij zat op een vouwstoeltje en droeg rubberlaarzen, een waterdichte jas, een sjaal, een gebreide muts en handschoenen, waar de vingertoppen van afgeknipt waren. Hij had een zachte, roze huid en blauwe ogen. Ik schatte hem vijfendertig jaar. Toen hij glimlachte, op het ogenblik dat hij het geld aannam, zag ik zijn kleine, hele witte tanden. Hij stopte het geld in een dikke, uitpuilende portefeuille, die hij onmiddellijk weer in zijn binnenzak stak.

Ik vroeg me af waarom nog niemand op het idee was gekomen om hem te beroven. Tot ik die enorme Rottweiler aan zijn voeten zag liggen. Weer lachte Probyn zijn tanden bloot en grijnsde: 'Vergeet het maar, jochie.' Misschien kon hij gedachten lezen.

Toen wees hij naar de dichtstbijzijnde van de zes boten, die voor en achteraan met dikke trossen aan de meerpalen vastlagen.

'Die is het, jongens,' zei hij, 'Pas op voor de overstap!'

Ik zei je al dat het binnenin op een slavenschip leek. Maar wat ik er niet bij vertelde, was dat het er ook nog stonk. Zodra je door het kleine deurtje naar binnen stapte, sloeg de zweetlucht van tientallen natte, ongewassen lijven en de stank van scheten je tegemoet. Je moest drie treden afdalen en dan struikelde je over de slapers, waartussen je een plekje probeerde te veroveren bij het licht van een paraffinelamp die aan de zoldering zwaaide. We vonden een stukje onbezette bodem en spreidden er ons bedje. Dat ging gepaard met het nodige gegrom en gevloek van de lotgenoten die we met onze voeten of ellebogen aanstootten.

Eén ding viel echter mee: het was er warm. En je hoefde ook niet de hele tijd je oren te spitsen voor mogelijke belagers. De boot dobberde zachtjes op het water en toen ik de stank gewend was, begon de hele onderneming me wel te bevallen.

Het is wonderlijk hoe zacht een houten vloer wel lijkt, als je een stenen bed gewend bent. Ik sliep bijna onmiddellijk in en droomde dat ik met mijn jacht over een diepblauwe, heldere, tropische oceaan cruiste, onder een wolkenloze hemel, met een ijsgekoelde cocktail bij de hand, terwijl mijn voormalige huisbaas met het rattegezicht me met een waaier van pauweveren koelte toewuifde. Een fantastische droom, zolang hij duurde. Maar toen ik wakker werd, was ik een wrak.

Is het je al opgevallen hoeveel mensen soms uitgeven aan rotzooi? Mij niet, tot die zaterdag na onze nachtje op de boot. Ginger en ik slenterden rond op de markt van Camden Lock.

Die is blijkbaar heel bekend, hoewel ik er tot die ochtend nooit van gehoord had. Ze wordt vlak naast het kanaal gehouden. Het grote plein daar wordt dan voor de gelegenheid volgestouwd met stalletjes en kraampjes waar je allerlei prullaria kunt kopen. Hoeden, nepjuwelen, T-shirts, spiegels, kaarsen... Noem het maar op, je vindt het er. Een hele boel exotische spullen, uit India en zo. Er branden aldoor wierookstokjes, waar het hele plein naar ruikt. De markt staat er alleen tijdens de weekends. Er komen duizenden mensen op af.

Zo kuierden ook Ginger en ik er rond en opeens zegt hij: 'Hier hebben ze geen geld te kort, Link, ouwe jongen. Geld om op te stoken. Ik word er ziek van als ik zie waaraan ze het weggooien. Kijk.' Ik keek naar de plek die hij aanwees en zag dikke kaarsen in de kleuren van de regenboog die vier pond twintig per stuk kostten. 'Vier pond twintig!' zei Ginger. 'Tien pence voor een kop thee weigeren ze, maar met hetzelfde gezicht geven ze vier pond twintig voor een stomme kaars. Zou je er niet om huilen?'

Ik zuchtte. 'Wat zoeken we hier eigenlijk, als je er zo van in de put raakt.'

Hij wenkte me: 'Sanitaire faciliteiten, jongen. Kom maar eens mee.'

Ik volgde hem een trap op, langs een voetpad. Niet veel later stonden we bij enkele onberispelijk nette toiletten. We maakten gebruik van de wc en schrobden onszelf eens goed achter de oren. Ginger waste er zelfs een paar slips, die hij uit zijn rugzak gehaald had. Voortdurend liepen er mensen in en uit, maar niemand schonk aandacht aan onze activiteit. Ik denk dat ik zeventien papieren handdoekjes gebruikt heb om me te drogen, en daarna voelde ik me een stuk beter.

Even later slurpten we een kopje hete thee in één van de cafés rond het marktplein, toen er drie jongeren binnenkwamen.

Ginger kende ze en hij riep hen, zodat ze aan onze tafel bijschoven. Het waren twee jongens en een meisje, alledrie hadden ze een rugzak en die uitgedoofde, zombie-achtige blik, waaraan je een dakloze herkent. Ginger stelde me niet voor en ze negeerden me de hele tijd, terwijl ze over koetjes en kalfjes keuvelden. Ze warmden hun ijskoude handen aan de hete kop thee. Waar heb jij gezeten? Wat vreet jij zoal uit tegenwoordig? Heb je die of die nog gezien, onlangs? Ik staarde wat naar mijn kop thee, en voelde me... Hoe zal ik het zeggen? Jaloers? Misschien. Ongerust, dat zeker. Dit waren vrienden van Ginger. Ze hadden samen dingen beleefd. Ze hadden gemeenschappelijke kennissen. Stel je voor dat hij er met hen vandoor ging en mij liet stikken. Als ik weer alleen was, zou ik het dan uithouden? Weet ik nu genoeg om te overleven?

Toen viel er een naam. Een spotnaam. Doggy Bag. 'Zie je Doggy Bag nog wel eens?' vroeg Ginger en het meisje aan wie hij de vraag stelde, schudde haar hoofd.

'Nee,' antwoordde ze. 'Hij is verdwenen. De ene nacht was hij nog op zijn gewone plekje. De andere dag was hij ineens weg.'

'Werk gevonden, misschien,' suggereerde één van de jongens.

'Of verhuisd,' zei de andere. Daarmee leek het onderwerp afgesloten. Het gesprek kabbelde rustig verder, terwijl ik me afvroeg hoe iemand aan zo'n naam komt.

Even later stonden ze op en tilden hun pakken op hun rug. Ginger en ik deden hetzelfde. Niemand leek gehaast om te vertrekken. Het was warm in het café, maar de eigenaar wierp ons voortdurend boze blikken toe en we hadden geen geld meer voor nog een kop thee. Dus stapten we maar liever op, voor hij ons eruit gooide.

Buiten namen ze afscheid van Ginger en één van hen knikte

naar mij. Even later waren ze in de massa verdwenen. Ginger was er nog en daar was ik blij om. Ik glimlachte naar hem en vroeg: 'Die jongen waar je naar vroeg, die Doggy Bag, hoe komt die aan zijn naam?'

Ginger lachte. 'Hij hing altijd rond in cafés en als er een klant opstapte, dan stortte hij zich op het tafeltje om de restjes in een plastic zak te schrapen. Voor de serveerster kon afruimen. Hij durfde niet te bedelen. En zo kwam hij toch nog aan eten. En daarom hebben wij hem Doggy Bag gedoopt.'

We liepen intussen weg van de markt en wandelden langs een pad. Ik liep aan Doggy Bag te denken en ik wendde mijn gezicht van Ginger af. Anders zou hij zien hoe ik tegen de tranen vocht. Ik weet dat het stom klinkt.

Ik kènde de kerel hoegenaamd niet. Ik had hem nooit gezien en nooit ontmoet. Maar ik liep aldoor te denken aan de tijd, dat hij nog een baby was, van een pa en ma die veel van hem hielden en die zagen hoe hij opgroeide en droomden van zijn toekomst. Maar nooit durfden ze te denken dat zijn vrienden hem Doggy Bag zouden noemen, omdat hij overleefde met kliekjes, die hij bij elkaar moest schrapen. En nooit vermoedden ze dat hij zo'n onbeduidend iemand zou worden, zodat hij zomaar van de aardbodem kon verdwijnen, zonder dat iemand daar ook maar even bij stilstond.

Dagelijkse routine opdracht 10

Ik geloof dat de berg naar Mohammed is gekomen. Herinner je je wat ik zei over die twee jonge kerels die me uitlachten op Haymarket. Wel, ik heb ze vanochtend weer gezien. Bij Camden Lock. Ze stonden te praten met ander uitschot. Ik weet zeker dat zij het waren - ik vergeet geen gezichten - en nu hoop ik maar één ding. Of eigenlijk twee. Eén, dat ze in de buurt blijven rondhangen. En twee, dat ze ook af en toe uit elkaar gaan. Ik ken mijn grenzen. Ik weet wat ik kan, en doe dat goed. Zeer goed. Ze allebei tegelijk rekruteren, dat zie ik niet zitten.

Weet je, je moet de vijand kennen voor je hem klein kunt krijgen. En ik ken de vijand. Ik heb hem geobserveerd en wat ik ervan weet is dit: een heleboel van die zwervers opereren met zijn tweeën of met zijn drieën. Of zelfs met zijn vieren. Ze blijven bij elkaar. Overdag gaan ze soms ieder hun eigen weg. Soms moet er een naar de sociale dienst of zo. Maar 's nachts hokken ze bij elkaar voor de warmte en de veiligheid of godweetwatnog. En dan moet je een idioot zijn om er een poot naar uit te steken. En god, ik bèn geen idioot. Helemaal niet, zelfs. Nee. Eenzaten moet je hebben voor je werk. Alleenstaanden. En dus ga ik mijn lachende vrienden nauwlettend in de gaten houden. En als ze uit elkaar gaan, dan zal ik eens zien wie er het laatst lacht!

De laatste dagen van januari waren vreselijk. Ik was bijna naar Vince terug gegaan. Ik meen het. Het sneeuwde dagen aan een stuk, zodat een vieze brij de trottoirs bedekte. En niks kruipt sneller in je schoenen dan zo'n sneeuwbrij. Ginger en ik schuilden zoveel we konden in metrostations en portieken, maar onze tenen waren constant nat en koud. Elke nacht veranderde de vrieskou de brij op de trottoirs in een staalharde, grijze massa en hij kroop in onze slaapzak en bevroor onze sokken. Slapen was onmogelijk. En wie zou verwachten dat de voorbijgangers vrijgeviger werden, als ze die verkleumde en doorweekte lui zagen, moet zijn mening maar gauw herzien. Precies het omgekeerde was waar.

Iedereen ploeterde met een zuur gezicht door de sneeuw. De handen diep in de zakken van hun jas. En voorlopig kwamen die handen er niet uit, tenzij ze handschoenen aan hadden. Niemand stopte. Ze vreesden misschien dat, als ze stopten, ze ter plekke zouden bevriezen, zoals de poolreizigers aan de Zuidpool.

We hadden honger. Echte honger. De kou zat in onze beenderen, omdat onze magen zo leeg waren. En voorlopig kwam daar geen verandering in. We probeerden van alles: stampvoeten, ter plaatse trappelen, in onze handen blazen, bij elkaar kruipen in een metrostation. Tevergeefs. Het enige wat ons restte, was ons zo goed en zo kwaad mogelijk door de slapeloze nachten en dagen slepen. De een na de ander. Tot we niet meer wisten welke dag het was en of het nu ochtend of middag was. Op een keer leende Ginger een dikke viltstift van een krantenventer en hij schreef in grote hanepoten een paar bordjes met 'Geen drinker, maar dakloos. Help ons.' Dat 'Geen Drinker' hoorde erbij, vond hij, want mensen geven niet aan dronkaards.

Zo zaten we in het metrostation met onze voeten en benen in onze slaapzakken en de bordjes voor ons op de modderige vloer. Ginger had echter net zo goed iets anders kunnen schrijven. Bijvoorbeeld:

'WREEDAARDIGE, GESCHIFTE KINDERVERKRACHTER, UIT OP UW GELD!'

Urenlang schoven we aan bij verschillende opvanghuizen, maar er waren altijd honderden daklozen voor ons en we raakten nooit aan een bed. Ik begon te hallucineren. Urenlang dacht ik dat ik op een stinkende schuit van Captain Hook was aangemonsterd. Op heldere momenten zou ik er graag mijn rechterhand voor over gehad hebben om er onderdak te krijgen. Maar ik wist dat Captain Hook niet geïnteresseerd was in rechterhanden.

Wanneer we zonder succes aan de deur van een opvanghuis hadden aangeklopt, haastten we ons naar een van de stations - meestal King's Cross of St. Pancras - om er op het Leger des Heils te wachten. De wandeling behoedde ons voor onderkoeling en rond middernacht zou het Leger des Heils er aankomen met soep en broodjes. Een gratis rantsoen en dus was er altijd een massa volk. Meestal konden we er wel een kom soep of een boterham voor ieder van ons uit de brand slepen. En zo kwamen we levend en wel in februari, toen het begon te dooien.

Tussen haakjes. Voor het geval je je afvraagt, waarom ik in die dagen niet sollicteerde, dan wil ik je daarover het volgende zeggen: mijn kleren waren niet meer dan lompen. Aan mijn vingernagels zaten zwarte randen. Mijn haar hing op mijn schouders en ik stonk. Ik wilde wel werken - ik zou er een moord voor hebben gepleegd - maar ik wist ook wel dat ik in de 'huidige omstandigheden' nergens welkom was. Ik zou mezelf niet eens een baan gegeven hebben.

Februari begon ook al niet erg warm, maar het vroor toch niet meer en meestal konden we onze voeten droog houden.

Het bedelen werd ook weer wat lonender. Niet erg veel, maar toch. Ik verbeeldde me dat ik eindelijk *streetwise* was geworden, maar ik had beter moeten weten. Ik had moeten weten dat het dankzij Ginger was, dat mijn zaakjes zo goed liepen. Maar dat deed ik dus niet. Niet tot op de dag waarover ik je nu ga vertellen. De dag dat Ginger verdween.

Het was een dag zoals alle andere. Nog voor het ochtendgloren werden we wakker in een portiek. We pakten onze bagage en gingen op zoek naar een *coffeeshop*. We zwierven rond in de buurt van Camden Station. Daar vonden we een nachtcafé, de Brazilia, waar we ons konden warmen tot het licht werd en een nieuwe 'werkdag' aanbrak.

Ginger zei: 'Ik moet een paar vrienden opzoeken in Holborn deze morgen. Ik zie je later, oké?'

Ik knikte. 'Oké.' Ik wist niet wie die vrienden waren of wanneer hij ermee klaar zou zijn. Maar ik begreep dat hij me uit de buurt wilde hebben en dus ging ik hem niet aan zijn hoofd zeuren. De snelste manier om een vriend te verliezen is aan hem gaan kleven, en dus deed ik of het me geen moer kon schelen. Het omgekeerde was echter waar. Het deed pijn. Ik liep met hem mee tot aan het station en zei: 'Prettige dag verder.' Hij grinnikte, knikte en verdween vervolgens in de stroom van pendelaars. Ik heb hem nooit teruggezien.

De hele dag bedelde ik langs High Street. Het was koud en winderig, maar droog. Ik kon Ginger niet uit mijn hoofd zetten en vroeg me af wat voor zaakjes hij had met die vrienden van hem in Holborn en waarom hij mij er niet bij wilde hebben. Misschien is hij een dealer, dacht ik. Smack en Crack. XTC. Of misschien kent hij een rijke griet - een erfgename of zo - en liggen ze zich nu in haar luxueuze penthouse vol te stoppen met kreeft en champagne. Ik was niet echt ongerust. Toen nog niet. Hij had vaker van die uitstapjes gemaakt en hij was altijd teruggekomen. Maar ook deze keer zou ik blij zijn als het achter de rug was.

Bij het station hing een klok. Elke keer als ik er voorbijkwam, wierp ik er een blik op. Om half zes stopte ik met heen- en weer wandelen. Sommige winkels gingen juist dicht en dus kroop ik weg in één van de portieken, vanwaar ik het station in de gaten kon houden.

Ik had niet het minste benul wanneer hij zou terugkomen. Het kon nog uren duren. Maar mijn voeten deden pijn en ik moest kost wat kost zitten. Ik zag de stationsklok en dus hield ik ook nu de tijd in het oog. Ik heb nooit geweten dat de tijd soms zo traag voorbij kan gaan.

Ik moet ingedut zijn. Wellicht had ik zelfs lang geslapen, want toen ik wakker werd van de kou, zag ik op de stationsklok dat het al elf uur was. Het station was gesloten. Ik wist niet of Ginger nu was aangekomen of niet. Ik keek op onze traditionele slaapplaatsen, maar nergens was hij te vinden. Ik wilde die nacht niet alleen blijven en dus trok ik naar Captain Hook en gaf hem elke penny die ik had voor een plekje op een van zijn schuiten. Deze keer bleven de mooie dromen uit.

Dagelijkse Routine Opdracht II

Lachende Jongen Nummer Eén. Dat was de codenaam van deze opdracht. Ze was nauwkeurig gepland en schitterend uitgevoerd. Nu is het tijd voor de nabeschouwing. In elk goed georganiseerd leger volgt na elke operatie een serieuze nabeschouwing. Een soort inspectie, als je mij dit griezelige grapje wilt vergeven. Dus.

Eerst, moest ik inlichtingen inwinnen. Het succes van elke operatie hangt af van juiste inlichtingen. En de mijne waren juist!

Hoe ging ik te werk? Om te beginnen kwam ik achter hun namen. Dat klinkt eenvoudig, nietwaar? Elementair, maar ook van cruciaal belang voor het welslagen van mijn plan.

Wat deed ik vervolgens, hoor ik je vragen. Wel, dat was gemakkelijk. De beste tactiek is dikwijls de meest eenvoudige. Ik volgde ze, tot ze uit elkaar gingen. Herinner je je wat ik zei over het afzonderen van je slachtoffer. Vandaag nam één van de Lachende Jongens - Ginger - de metro in Camden. Eerst dacht ik dat ze samen vertrokken, maar in het station gingen ze uit elkaar. Dat andere uitschot - Link noemt hij zichzelf, al zou Stink hem beter passen - liep op High Street te bedelen. Ik ging toen maar naar huis. Mijn prooi zou zeker een uur of twee wegblijven. Later kwam ik terug en bleef in de buurt rondhangen. Windowshopping. Ik dronk het obligate kopje thee.

Die Link bleef de straat maar op en neer afdweilen. Ik bleef uit zijn buurt, want ik wilde niet dat hij me zag.

Het wachten duurde lang. En het was bijna allemaal voor niets geweest, want Link wist van geen ophouden. Ik hoopte dat hij, wanneer het donker werd, wel zou ophoepelen, maar dat deed hij niet. Hij zocht een plaatsje in een portiek, recht tegenover het station en ik dacht, fantastisch! Bedankt, jij waardeloos stuk vuil. Het was duidelijk dat hij op zijn vriend wachtte. Ik gaf het bijna op, maar gelukkig deed ik dat niet, want de idioot dutte in. En even later zag ik mijn prooi uit het station komen. Het was tijd voor de uitvoering van mijn Master Plan.

Ik droeg mijn warme weldoenersplunje. Zo stak ik de straat over en greep hem bij zijn arm. Ik keek hem bang en bezorgd aan. 'Sorry,' zei ik, 'maar ben jij misschien Ginger?'

'Wie ben je?' vroeg hij. Hij zag wel dat ik in alle staten was, maar toch bleef hij op zijn hoede. Ik schudde mijn hoofd.

'Niet belangrijk,' antwoordde ik, 'Jij bent Links maat, niet?' Hij fronste. 'Waarover gaat het? Is er iets mis?'

Ik knikte en trok aan zijn mouw. 'Er is iets met Link,' slikte ik. 'Een ongeluk. Hij liep recht voor mijn wielen. Ik kon onmogelijk stoppen.'

Hij gaapte me aan. 'Hij - je bedoelt dat je hem overreden hebt? Is hij dood?' Deze keer greep hij mij bij mijn mouw. 'Heb jij mijn maat doodgereden, jij smeerlap!'

'Nee, nee,' Ik schudde mijn hoofd en trok hem mee. 'Hij is niet dood. Hij was het in ieder geval niet toen ik vertrok. Maar hij is zwaar gewond. Hij vraagt de hele tijd naar jou.'

'Waar? Waar is hij? In welk ziekenhuis ligt hij.'

'Nee, niet in een ziekenhuis. Bij mij thuis. Het gebeurde voor de deur.'

'Hij is zwaar gewond en hij ligt gewoon bij jou op de bank?' Hij staarde me aan met een verwilderde blik. 'Je hebt niet eens een ziekenwagen gebeld, jij stomme idioot? Hij kan doodgaan! Breng me erheen. Onmiddellijk!'

Ik was geweldig, al zeg ik het zelf. Hier was mijn harde, stoere bink. Achterdochtig in het begin, maar even later liep hij me achterna als een driejarige kleuter. En natuurlijk stond *alles klaar toen we thuiskwamen. Ik had de bank een beetje opgehoogd, zodat het leek of er iemand onder het laken lag. Ik had er zelfs het bloed uit een halve kilo varkenslever op uit geknepen. En hij tuinde erin. Visje aan de haak! Hij liep recht op de bank af, roepend dat ik een ziekenwagen moest bellen. En ik spijkerde hem aan de vloer, op het moment dat hij het laken optilde.*

Dat was Lachende Jongen Nummer Eén. Een geslaagde operatie. Maar ik trok niet veel tijd uit om mezelf te feliciteren. Ik maakte de plaats een beetje schoon en startte met operatie Lachende Jongen Nummer Twee. Ik had hetzelfde scenario, maar dan in omgekeerde richting. Toen ik echter in High Street kwam, was Stink nergens te zien. Ik lummelde er nog een poos rond, maar hij liet zich niet meer zien.

Never mind! Morgen is er nog een dag. Behalve als je Ginger heet, natuurlijk.

De volgende dag was het vrijdag. Ik trok erop uit om Ginger te zoeken. Intussen probeerde ik ook wat geld te verdienen. Ik moest wel, wilde ik niet omkomen van de honger. Hoe en waar ik ook zocht, Ginger daagde nergens op. Het is gebeurd, dacht ik bij mezelf. Hij is terug naar zijn echte vrienden. Zoals ik vermoed had dat het zou gebeuren. Diep in mijn binnenste bleef ik echter hopen. En zoals altijd als je iemand mist, is het net of je hem overal tegen het lijf loopt. Ik herinner me mevrouw Chambers, onze buurvrouw toen ik een kind was. Ze was ongeveer vijftig jaar toen haar man stierf. En een hele tijd nadien bleef ze hem maar zien. Op de straat, in de supermarkt. Ze sprong van de bus of liet in de supermarkt haar wagentje in de steek, omdat ze meende hem te herkennen. Natuurlijk was het altijd een vreemde.

Zo ging het die vrijdag ook met mij. Telkens als ik een glimp opving van iemand die op Ginger leek - aan de overkant van de straat, in de etalage van een winkel - liep ik er achteraan, tot ik oog in oog stond met een vreemde. Het overkwam me een stuk of tien keer.

Tegen de avond begon het te regenen. Ik ging schuilen in een portiek in Pratt Street. Ik zag de mensen een sjieke snackbar in- en uitlopen. Gewoonlijk ging mijn maag nogal te keer bij de geur van lekker eten. Maar ik denk dat ik al helemaal gek was door Ginger. Ginger, Ginger, dreunde een stem in mijn hoofd. Ik dacht, stel je voor dat hij ergens in een ziekenhuis ligt, bewusteloos en niemand weet wie hij is. Of misschien is hij tien minuten geleden hier voorbij gekomen, op zoek naar mij. Of heeft hij zijn geheugen verloren?

Uiteindelijk stond ik op en om wat om handen te hebben, liep ik heen en weer voor het station. In de hal stond een krantenventer. Hij was er vaak en ik kende hem van gezicht.

Ik liep hem een paar keer voorbij, maar toen stapte ik op hem af en vroeg hem: 'Was jij hier gisteravond?'

'Ja,' antwoordde hij, 'Waarom?'

'Ik... ik zoek iemand. Een vriend. We hadden hier afgesproken gisteren. Heb jij hem misschien gezien?'

Hij haalde zij schouders op. 'Ik heb hier veel mensen gezien gisterenavond. Honderden. Hoe zag hij eruit, die vriend van jou?'

'Tamelijk groot, rood haar, een beetje ouder dan ik. Hij draagt een groen pak. Ginger heet hij.'

'Hmmm,' hij knikte. 'Die heb ik gezien, denk ik. Of iemand die erop leek. Ik herinner me dat hij met een oudere kerel stond te praten. Te roepen eigenlijk. Iets over een ziekenhuis. Ze zijn samen vertrokken.'

'Welke kant gingen ze uit?'

'Weet ik niet. Ik heb er verder geen aandacht aan geschonken. Misschien was het wel iemand anders.'

'Nee.' Ik aarzelde. 'Kijk, wil je me een plezier doen?'

'Hangt er van af.'

'Als je hem ziet, wil je hem dan zeggen dat Link naar hem gevraagd heeft.'

'Link?'

'Ja.'

'Hij had het over Link. Die oude kerel. Link heeft een ongeluk gehad. Iets van die strekking.'

'Maar, ik ben Link. Ik heb helemaal geen ongeluk gehad. Ben je er zeker van dat hij dat zei?'

'Ja, zeker wel. Die andere kerel deed nogal opgewonden. Trok aan zijn jas en ging nogal te keer.'

'En je weet niet welke kant ze uitgegaan zijn?'

'Nee, jongen, sorry hoor.'

Ik sliep die nacht niet. Allerlei gedachten flitsten door mijn hoofd. Bovendien had ik een verschrikkelijke honger.

Er stonden heel wat auto's langs Pratt Street geparkeerd en er bleven maar mensen langskomen. Ze praatten en lachten, sloegen met portieren en scheurden weg. Ik was blij toen het ochtend werd.

Ik dronk koffie in een nachtcafé en wachtte tot het tijd was om naar de markt te gaan. Ik maakte mezelf wijs dat ik me wilde gaan wassen, maar in stilte hoopte ik, dat hij er was.

Hij was er niet. Maar toen ik van boven op de voetgangersbrug naar beneden keek, zag ik het meisje waarmee Ginger gesproken had in het café. Ik rende over de brug naar de trappen en vond haar bij een hoedenkraam.

'Hallo,' zei ik.

'Hi,' zei zij, maar ik zag dat ze me niet herkende.

'Link,' zei ik. 'Ik was bij Ginger.'

'O ja,' antwoordde ze, 'Waar is hij?'

'Ik hoopte dat jij me dat kon vertellen.'

Ze schudde haar hoofd. 'Ik heb hem sinds donderdag niet meer gezien.'

'Ik ook niet. Moest hij jou niet zien in Holborn?'

Ze knikte. 'Mij en Tim en Ricky, die jongens die er laatst ook bij waren. We hadden afgesproken in het Macklin Street Centre. Is hij niet teruggekomen?'

'Ik weet het niet.' Ik vertelde haar wat de krantenventer in het station had gezegd. Ze schudde haar hoofd. 'Ginger kent hier niks anders behalve Captain Hook.' Ze fronste. 'Een ongeluk? Ziekenhuis. Ben je zeker dat die kerel je niets op de mouw gespeld heeft?'

'Tamelijk.'

Ze trok een bedenkelijk gezicht. 'Da's raar.'

Ik keek haar aan. 'Ik ben ongerust - euh - sorry, ik ken je naam niet.'

'Toya.' Ze glimlachte. 'Wel, zo heet ik eigenlijk niet. Maar zo wil ik genoemd worden.'

'Ik ben ongerust, Toya. Ik heb overal gezocht. Ik weet niet wat ik moet doen.'

Opnieuw schudde ze haar hoofd. 'Ik kan je niet helpen, Link. Kerels zoals Ginger komen en gaan. Ze verdwijnen. Misschien heeft hij een job gevonden.'

'Hmmm.' Ik keek naar de grond en duwde met de tip van mijn schoen tegen een vieze bananeschil. 'Als je hem ziet, wil je dan zeggen dat ik hem zoek?'

Ze knikte. 'Tuurlijk. Als ik hem zie. Reken er alleen niet te erg op.'

'Dank je.' Ik had genoeg geld voor twee koffies en ik wilde haar een kopje aanbieden, maar ze liep snel door, zonder verder nog iets te zeggen. Dat is het geheim, dacht ik, laat niemand bij je binnenkijken, want vroeg of laat laten ze je toch weer in de steek. Voortaan, maakte ik mezelf wijs, voortaan zorg ik voor mezelf. Alleen maar voor mezelf. En deze belofte heb ik ongeveer vier minuten gehouden.

Ik ging naar het café, waar we een paar dagen eerder ook gezeten hadden. Ik deed mijn best om niet naar Ginger uit te kijken. Maar het was sterker dan mezelf. Er was nog één onbezet tafeltje. Ik bestelde een koffie en zette mezelf op een stoel.

Mijn Nieuwe Zelf. Dat dacht ik op dat moment. Ik heb niemand meer nodig. Ik zeil solo en met succes. Nietwaar? Juist! Ik koesterde het kopje koffie. Het was warm in het café en koud buiten. Ik had mijn kopje half leeg toen zij binnenkwam. Dakloos, zoals wij, maar de mooiste dakloze die ik ooit gezien had. Haar haar viel me het eerst op. Lang kastanjebruin haar dat van onder haar groene, gebreide muts golfde. Haar ogen waren al even bloedmooi. Donkere, grote ogen die schitterden alsof ze net twaalf uur heerlijk geslapen had. Ze droeg een versleten oliejekker, gerafelde, modderige jeans en versleten sportschoenen. Maar al die sjofelheid zonk in het niet bij haar verschijning. Ze was te mooi om waar te zijn.

Ze keek niemand aan, toen ze door het café liep. Maar ik kon mijn ogen niet van haar afwenden. Ze bestelde een cola en draaide zich om, op zoek naar een plekje om te zitten. Haar ogen - die fantastisch mooie ogen - ontmoetten de mijne gedurende niet langer dan één seconde. Ik glimlachte. *Geen kans*, maakte ik mezelf wijs. Zo'n vieze vagebond als ik.

Ik had het bij het verkeerde eind. Ze kwam naar me toe. Iedereen keek haar na. Ze knikte naar een van de drie lege stoelen. 'Is deze stoel vrij?' Ze had een Schots accent. Ik knikte. 'Mag ik?' zei ze en ik knikte nog een keer maar zei niks. Ik was nog steeds Mijn Nieuwe Zelf. Ze zette haar bagage op de grond, naast de mijne en ging zitten. Ik nam mijn kopje op, dronk van de hete koffie en staarde uit het raam. Ik deed zo cool mogelijk. Ik deed alsof, natuurlijk. Want in mijn binnenste bonsde mijn hart in mijn oren en ik moest me echt inhouden om niet naar haar mooie gezicht te staren.

Ze stak een rietje in haar cola en zoog eraan. Toen ik eindelijk durfde te kijken, sloeg ze haar ogen neer. Ik dronk nog eens van mijn koffie en voelde haar blik op mij gericht. Ik voelde het echt. Haar ogen waren net twee laserstralen. Na een poos zei ze: 'Ben je al lang in Londen?' Ik knikte zonder haar aan te kijken.

'Hoe lang?'

'Een jaar, anderhalf jaar,' loog ik. Maar over vijf minuten zou ze opstaan en weer uit mijn leven verdwijnen. Wat maakte het ook uit?

'Serieus?' Ze klonk tamelijk onder de indruk.

'Dan ken je de weg hier wel, zeker?' vroeg ze.

Ik haalde mijn schouders op. 'Een beetje.' Een man van weinig woorden.

'Hoe noemen ze je?'

'Link.'

'Link?' Ze zoog aan haar rietje. 'Waar staat dat voor?'

'Dat staat voor 'ik heb wel een andere naam, maar die hang ik liever niet aan je neus'.'

'Sorry,' Ze leek oprecht. 'Ik heet Gail.'

'Hi, Gail. Juist geland, zeker?'

'Ja.'

'Van? Je hoeft het me niet te zeggen, als je niet wil.'

'Glasgow.'

'Ha, moeilijkheden thuis?'

'Ja, stiefvader.'

'Oké, ik begrijp het.'

Ze keek me aan. 'Jij ook?'

'Uh uh.' Mijn Nieuwe Zelf. De kerel die niemand in zijn hart laat kijken, zat hier aan de eerste de beste vreemdeling zijn leven te vertellen. Omdat ze mooie haren en laserogen had. Ik dronk mijn kopje leeg en duwde mijn stoel achteruit. 'Ik moet er eens vandoor.'

'Waarom?' Ze keek me teleurgesteld aan. Ik haalde mijn schouders op.

'Werk aan de winkel.' Ik stond op. Het kostte me moeite, maar ik wilde deze keer geen treinen in de gaten houden tot ze terug kwam.

'Blijf.' zei ze. Zo simpel. Zo direct. Er gloeide iets in mijn borst. Ik aarzelde, mijn pak hing aan mijn arm. Ik keek haar aan. 'Wat wil je, Gail?'

Haar ogen hielden de mijne vast. 'Ik ben bang, Link,' fluisterde ze. 'Ik weet niet wat ik moet doen. Hoe overleef je hier op straat?'

'Je leert het, Gail. Meer is het niet.' Is er niet meer? vroeg een stem in mij zich af. En jij dan? Jij vertrouwde toch ook op Ginger? Je wilde toch ook niet dat hij wegging?

Dat was de eerste keer dat ik aan Ginger dacht, sinds ze het café was binnengekomen. Er bestond geen krachtiger medicijn. Misschien hadden we elkaar nodig. Ik liet mijn pak zakken en ging weer zitten.

Dagelijkse Routine Opdracht 12

O jee, o jee. Link de Stink is verliefd en Operatie Lachende Jongen Nummer Twee zit met een probleem.

Gisteren - vrijdag - heb ik een vergissing begaan. Een grote vergissing, zoals Hitler met de invasie van Rusland. Als ik me op Link geconcentreerd had, dan zou ik hem gepakt hebben. Maar ik vertikte het. In plaats daarvan ben ik laarzen gaan zoeken. Tweedehands legerlaarzen.

Nee, niet voor mezelf. Mijn diensttijd is voorbij, zoals je nog wel weet. Nee, ze zijn voor het voetvolk. De Camden Horizontals, zoals ik ze gedoopt heb. Vier paar had ik nodig, allemaal verschillende maten. En ik heb ze gevonden ook! In Bethal Green. Natuurlijk passen ze niet perfect. Niet een. Maar dat hoeft nu ook weer niet. Mijn jongens zullen toch niet ver lopen. Het komt er niet op aan of die laarzen nu een beetje te groot of te klein zijn. Het belangrijkste is, dat ze blinken. En dat doen ze.

Maar zoals ik al zei, gisteren heb ik een kans laten liggen. En toen ik vanochtend de draad weer oppikte, liep hij in een café aan de markt zo'n hoerekind tegen het lijf. Ze zijn samen vertrokken. Dat compliceert de zaak wel enigszins. Ik moet me even terugtrekken. Reorganiseren. Een nieuwe tactiek uitstippelen. Gelukkig ben ik de juiste man voor de zaak. Verdorie ja!

We konden het goed met elkaar vinden, Gail en ik. Onmiddellijk! Ze bestelde nog een kopje koffie voor me en zo
zaten we een hele poos te praten, blind voor alles wat er om
ons heen gebeurde. Het was ongelooflijk. Wie geen thuis
meer heeft en honger lijdt, is een buitenstaander. Alledaagse dingen zijn helemaal niet alledaags meer. Dingen zoals
werk, vrienden, een motorfiets om voor te sparen. Je koopt
geen CD's en laat je haar niet knippen. Je gaat niet naar de
tandarts en koopt geen kleren. Want daarvoor heb je geen
geld. Door de omstandigheden ben je genoodzaakt dat allemaal te laten schieten. Je hoort feitelijk tot een aparte klasse.
En een van de meest ellendige gevolgen daarvan is, dat je
onmogelijk een relatie met een meisje kunt beginnen. Als
jongen dan toch.

Zie je, een normale jongen die een meisje ziet passeren, kan
naar haar lachen en haar iets toeroepen. Hij kan een praatje
met haar slaan. Zonder dat het iets betekent of ergens toe
leidt. Het is gewoon een onderdeel van jong en vrij zijn, als
je begrijpt wat ik bedoel. En af en toe - misschien één keer
op honderd - knoop je een relatie aan die al dan niet stand-
houdt. Het belangrijkste is dat je er bijhoort. Een van de jongens! Of een van de meiden. Als je dakloos bent, kun je het
wel schudden.
Probeer maar eens een gesprek aan te knopen met een meisje
als je er vies en ongewassen bijloopt met je rotte tanden. Weet
zij meteen dat je niet eens een penny op zak hebt om haar
op een koffie te trakteren. Geen kans zeg ik je. Zelfs een
lachje zal er niet af kunnen.
Een boze blik en een wijde bocht om je heen zal er meer
op lijken. En hetzelfde geldt voor meisjes, veronderstel ik.

Niet lang daarna ga je jezelf als een vreemd wezen beschouwen. Een wezen dat tussen normale mensen leeft, maar er zelf geen is.

Het feit dat ik hier dus tegenover een onwaarschijnlijk mooi meisje zat, was dan ook een heel bevreemdende ervaring. Voor het eerst in maanden voelde ik me geen *weirdo*. Ik was een gewone jongen die aanpapte met een meisje, zoals alle mensen doen. Ik vergat mijn sjofele kleren en mijn ongewassen haren en de pijn in mijn buik. Ik vergat de kou, de steenharde portieken en de kille, starende ogen. Ik vergat zelfs het feit dat ik haar niet eens kon meenemen naar een film. Ik was een jongen en zij was een meisje. En ik was verliefd. Dat was het enige wat ik met zekerheid wist. Het enige dat ik wilde weten. Ik had zelfs niet door dat we het café uitgelopen waren, voor ik erachter kwam dat ik in de zon op een muurtje zat en haar hand vasthield. Een voorbijganger wierp ons een lelijke blik toe en fronste zijn wenkbrauwen, alsof we een misdaad begingen door daar zo te zitten. Dit was het begin van een fantastische periode. Gelukkig maar, dat we de toekomst niet kunnen voorspellen.

We zaten daar dus op een muurtje, toen Gail zei: 'Laten we friet halen en ze aan de waterkant opeten.' Het was - gelukkig - warm voor februari, maar er was één probleem.
'Ik heb geen geld,' wierp ik op.
'Ik wel.'
'Ja, maar voor hoelang nog? Bedelen is niet zo simpel.'
'Ik heb genoeg,' antwoordde ze.
'Dat zal niet lang duren, als je dat overal rondbazuint,' grinnikte ik. 'Hoe weet je dat ik je niet zal overvallen?'
'Probeer maar eens,' zegt ze. 'Waarschijnlijk kom je van een kale reis thuis!'
Ze betaalde de friet en we wandelden naar de rivier.

Daar vroeg ik haar: 'Waarom bedel jij, als je toch geld genoeg hebt? Met geld koop je toch onderdak?'

Ze haalde haar schouders op: 'Zoals je zegt, ik moet er een poos mee doen. En bovendien ben ik nu bij jou. Ik heb niets meer nodig.'

Dat klonk aanvaardbaar en vleiend bovendien en dus accepteerde ik haar uitleg. Ik had beter wat langer aangedrongen, maar ik was te verblind om verder te vragen.

We aten en praatten. Ze was ontzettend nieuwsgierig over wat ze 'the Scene' noemde. Ze bedoelde, het straatleven. Ze vroeg me honderduit en ik probeerde haar vragen zoveel mogelijk te beantwoorden. Ik moest wel, want ik had me voorgedaan als een ouwe rot in het daklozenvak. Eerlijk gezegd, had ik er een beetje spijt van dat ik had gelogen. Niet omwille van de vragen die ze stelde, maar omwille van het feit zelf. Omwille van de liefde. Het zal misschien cynisch klinken, zeker als je weet wat er later allemaal gebeurde. Dat was echter wat ik toen voelde.

Die dag bedelde ik niet. Gail ook niet. We wandelden over de markt, keken naar de dure rommel die er verkocht werd en naar de dagjesmensen die die rommel kochten. We trakteerden onszelf op een cola en aten nog eens, hoewel ik helemaal geen honger had. Ik dacht niet één moment aan Ginger, behalve toen ik over hem vertelde. En dat is jammer, maar ook een mooie illustratie van de kracht van de liefde.

En zo ging de dag voorbij.

Ik vertelde haar over Captain Hook en toen het donker werd, wilde ik voorstellen om in te schepen voor de nacht, maar ik deed het niet. Ik vond het een beetje inhalerig van mijn kant. Per slot van rekening was het haar geld. En bovendien wilde ik onze eerste nacht samen niet in een stinkende schuit doorbrengen. Ik wilde Gail voor mezelf. En dus nam ik haar mee naar mijn favoriete portiek. En daar spreidden we ons bedje. Er is niks gebeurd. Sorry als ik je teleurstel, maar het is zo. Ik weet niet waarom. Ondervoeding misschien? Of stiefvaders? Het enige wat we wilden, was slapen met onze armen om elkaar. En dat was wat er gebeurde. Maar saai of vervelend was het nu ook weer niet.

Die zondag wilde ze absoluut bedelen en daarom namen we de metro naar Charing Cross. Ik herinnerde me hoe Ginger me op weg geholpen had, daar op de trappen van The National Gallery, terwijl hijzelf afzakte naar Trafalgar Square. Ik deed hetzelfde met Gail. Ik wilde haar niet alleen laten, ze bleef in mijn blikveld. De dag begon koud, maar droog. Er was tamelijk veel volk op de been.

Terwijl ik langs de banken liep te bedelen, speelde er een film in mijn hoofd. Een film, waarin ik de hoofdrol had. In de eerste scene stak ik de straat over om Gail op te pikken. Maar ze was verdwenen. Toen volgden er een heleboel spannende momenten. Ik liep door onbekende straten en riep voortdurend haar naam. Ik probeerde de politie ervan te overtuigen dat ze verdwenen was. Maar op het politiekantoor was niemand geïnteresseerd. Ik wachtte een eeuwigheid op Camden Station.

Ik probeerde de film te verdringen en mezelf ervan te overtuigen, dat Gail juist bij me wilde blijven. En dat het dus heel onwaarschijnlijk zou zijn, dat ze al na één dag weer verdween. Maar het hielp niet. De verdwijning van Ginger spookte nog steeds door mijn hoofd. Kortom, ik hield het niet uit. De duiven hadden trouwens meer geluk dan ik. Want zij kregen broodkorsten en maïskorrels, terwijl ik het moest stellen met een knagende honger. Ik zweer, als ik ooit terugkeer naar Londen, dan is het als duif. Ik liep ongeveer een half uur rond, daarna keerde ik bedelend terug.

Ze wàs weg. Ik zag haar nergens op de trappen, niet op het trottoir. Ik raakte in paniek. Ik rende de trappen op en keek rond, daarna zocht ik langs de voorgevel van de Gallery. En toen ik de hoek van St. Martin's Place omkwam, zag ik haar uit een telefooncel komen. Mijn opluchting was zo groot, dat het even duurde voor ik me afvroeg, wie ze gebeld had. Toen ik het haar vroeg, zei ze: 'Mijn zus in Glasgow. Ik heb beloofd om contact te houden.'

Het klonk heel aanvaardbaar. Ik knikte. 'Ik heb ook een zus. Carol. Ik bel haar niet. Gebroken met het verleden, weet je wel.'

'Hmmm,' ze knikte. 'Ik heb het beloofd.'

'O, ik wil je niet bekritiseren. Ik wil alleen...'

'Ik weet het.' Ze kneep in mijn hand.

Ik grinnikte en kneep in de hare. 'Hoeveel heb je verdiend?'

Ze haalde haar schouders op. 'Geen idee. Ik heb het niet geteld. Wacht even.'

Ze grabbelde in haar zakken en haalde er twee handenvol muntstukken uit die ze begon te tellen.' Twee pond dertig.'

Ze stopte het geld weer weg. 'En jij?'

Ik schudde mijn hoofd. 'Twaalf pence en ik word verondersteld de expert te zijn.'

'Beginnersgeluk,' lachte ze. 'Of misschien is het omdat ik een meisje ben.' Ze staarde me aan.

'In ieder geval delen we, is het niet? Alles?'

Dat deden we vanaf dat ogenblik. Het was een fantastische tijd. En hij vloog voorbij. Zelfs de kou hinderde me niet meer. Maar toen gebeurde er iets dat me weer met beide voeten op de aarde deed belanden. Het werd lente.

Dagelijkse Routine Opdracht 13

Je moet niet denken dat ik werkloos bleef toezien, terwijl Link de Stink me bleef ontwijken. Eén blik onder mijn fameuze plankenvloer zal je ervan overtuigen dat ik nog steeds druk in de weer was om de natie schoon te vegen van het gespuis dat haar naar de verdoemenis hielp.

Ik had intussen zeven rekruten ingelijfd. Zeven! O, ik weet dat ik nogal opgewonden was toen ik aan drie kwam. Maar drie is een heilig getal. Zeven echter, zeven vind ik wat je noemt een mystiek getal. Al wil ik daar niet over uitweiden. Het enige wat ik wil zeggen, is dat heel veel dingen uit zeven bestaan. De zeven doodzonden, de zevende zoon of zevende dochter. Om nog maar te zwijgen van de zeven dagen in de week en de 'Magnificent Seven'.

Ik heb ook een zwarte. Van rassendiscriminatie is dus geen sprake bij de Camden Horizontals. Bovendien helpt dat ook het patroon doorbreken. Ik bedoel het verraderlijke patroon, waar ik eerder al op wees. Stel je maar gewoon even voor dat een intelligente hoofdinspecteur een patroon ontdekte! Door bijvoorbeeld vast te stellen dat alle slachtoffers blank waren! Blank zou ineens belangrijk zijn. Wel, dat is niet meer het geval. En dus is er geen patroon. Behalve dat elke operatie een schoolvoorbeeld van briljant inzicht is. Maar dat zullen ze nooit ontdekken.

Ze zien er knap uit, mijn jongens. Zeker nu, met hun glimmende laarzen en kortgeknipte haren. En, nee, die laarzen zullen me niet verraden. Mocht je soms denken dat mijn leverancier vragen zal gaan stellen, vergeet het maar. Ik heb meer dan één leverancier. Ik heb er namelijk drie. Tot nu toe. En ik vind er nog meer. Vanzelfsprekend. Ouwe Shelter laat zich niet zo vlug vangen.

Mijn zaakjes lopen dus gesmeerd. Er zijn genoeg vrijwilligers. En vrijwilligers zijn het, weet je. Niemand heeft hen gedwongen om mee te komen. Dat doen ze om hun eigen redenen. Waarvoor rekruten altijd meekomen: eten en een dak boven hun hoofd. En dat krijgen ze. Geen van mijn jongens heeft nog honger. En allemaal hebben ze een dak boven hun hoofd. En een vloer ook. Soms vind ik dat ik ze verwen.

Waar was ik gebleven? O ja, lente en het leven. Het was een fantastische tijd met Gail. Zoals ik al zei, scheen ik niets meer te merken van de kou en het bedelen werd een sport: om de hoogste score te halen. Niet dat het er echt op aan kwam. Het was eerder een bezigheidsspelletje. Ik trok het me niet aan of Gail won, wat vaak genoeg gebeurde.

Maar er waren ook minder leuke kanten. Om te beginnen was ik heel jaloers. Bezitterig. Ik vond het vreselijk wanneer ik haar niet zag. Ze was zo mooi, dat ik vreesde dat een of andere kerel met een werk, een auto en een huis haar van me zou stelen. Dàt zou geen sport meer zijn, hè. En dan zat ik nog met een ander probleem. Ik keek uit naar een baan, zodat ik haar een thuis kon geven. Ik had altijd willen werken, natuurlijk, maar nu werd mijn verlangen naar werk haast een obsessie.

En het ergste was, dat ik begreep dat het een gebed zonder eind was. Niemand zou mij een serieuze kans geven, zoals ik erbij liep. Maar dat kon me niet tegenhouden, ik bleef het proberen. Heus. Ik joeg op elk baantje dat zich aandiende. Ik schreef brieven op gestolen briefpapier. Ik kocht postzegels die ik me niet kon veroorloven. Een enkele keer werd ik zelfs uitgenodigd voor een gesprek. Maar zonder resultaat. Ze zagen het meteen. Als je een uitzendbureau als afzendadres opgeeft, dan weten ze dat je dakloos bent. Ze weten dat je dan nog niet veel hebt gewerkt, misschien zelfs nooit, en daar willen ze niet van horen. Ze hebben zoveel sollicitanten om uit te kiezen, waarom zouden ze dan een dakloze nemen? Ik zou het ook niet doen, in hun plaats.

Maar het was bovendien een foltering, omdat ik Gail alleen moest laten, wanneer ik dan toch een afspraak had. Ik maakte me de hele tijd ongerust. Misschien was dat wel een reden, waarom ik nooit aan werk raakte. Ze merkten dat ik mijn verstand had thuisgelaten. In ieder geval, het werd april en er kwam geen verandering in mijn situatie. Gail was nog steeds bij me, wat me verwonderde, toen ik er eens over nadacht. Ze scheen het zich niet aan te trekken, dat ik haar niets te bieden had. Ik dacht dat het door de liefde kwam.

Op een zaterdag - het was warm en zonnig - zaten we langs het kanaal, recht tegenover Pullit, de plaatselijke nachtclub. We genoten van de zon. Op dat ogenblik kwam er een oudere man onze kant uit. 'Mag ik even storen?' zei hij. 'Ik vraag me af of je mij kunt helpen.' Ik dacht dat hij verdwaald was, maar toen vervolgde hij: 'Ik probeer mijn dochter op te sporen en ik vraag me af of je haar soms gezien hebt. Ze heet Tanya. Dit is ze.' Hij toonde ons een foto. Gail nam hem aan en schudde haar hoofd. Toen gaf ze de foto door aan mij. Het was Toya. Ik knikte. 'Ik heb haar een paar keer ontmoet.'

'Waar?' De man sprong me bijna naar m'n keel. 'Waar heb je haar gezien? Wanneer?' Ik wees in de richting van the Lock. 'Daar. De markt. Maar het is al een tijd geleden.'

'Heb je met haar gepraat? Heeft ze je verteld waar ze woonde of zo?'

Ik schudde mijn hoofd. 'Ze is dakloos, denk ik. Ik weet niet waar ze rondhangt.'

'Was ze in het gezelschap van een wat oudere man, misschien?'

'Nee. Ik heb haar eens met een stel jonge kerels gezien. En later een keer alleen.' Ik keek hem aan. 'Waarom vraag je dat van die oudere man?'

Hij schudde zijn hoofd. Toen hij eindelijk sprak, merkte ik dat hij moeite had om niet te huilen. 'Ik weet het niet. Gisteravond hoorde ik van een man in zo'n geel wachthuisje, dat hij mijn dochter een week geleden of zo *misschien* had zien binnengaan in de flat op de benedenverdieping van het

huis waar hij woonde. Samen met de man die de flat be-
woont. Een man van een jaar of veertig.'

'Heeft hij geen adres gegeven? Heb je er al geïnformeerd?' Ik
begreep dat de informant Captain Hook moest zijn. Hij knikte.

'Ik ben er gisterennacht geweest. Ik heb gebeld, maar niemand deed open.'

'Die kerel in zijn wachthuisje, kende die die man?'

'Nee. Hij woont er nog niet lang, blijkbaar.'

'Heb je de politie verwittigd?'

'Nee. Dat heb ik maanden geleden al gedaan, toen Tanya
wegliep. Ze willen er niets over horen. Ze is zeventien, zie
je en dus mag ze gaan en staan waar ze wil.' Hij slikte. 'Haar
moeder is er kapot van.'

Arme mensen, dacht ik. Eerst jagen ze, wellicht ongewild,
hun dochter het huis uit. En dan denken ze haar terug te
vinden door Londen af te dweilen met alleen haar foto. Het
zal wel nooit gebeuren, maar ik wenste dat iemand zich
zoveel zorgen om mij maakte.

'Luister,' zei ik, 'we zullen naar haar uitkijken en als we haar
zien, vertellen we haar dat je haar zoekt. Ze zal bellen. Oké?'
Hij was zo dankbaar dat hij mij om m'n hals wilde vallen.
'God zegene jullie,' zei hij en stopte vijf pond in mijn handen, die het geld maar wat graag aannamen. 'God zegene
jullie.'

Toen strompelde hij weg met de foto en een greintje valse
hoop vastgeklemd in zijn handen. Gail en ik keken hem na
en deden of we niet van elkaar merkten dat we wilden huilen.

Dagelijkse Routineopdracht 14

Gisteravond belde er een vent aan, tien uur. Ik was niet on-gerust. Als je de situatie onder controle hebt, hoef je je geen zorgen te maken. Van achter de gordijnen merkte ik een kort mannetje van ongeveer 55 jaar op. Het was te donker om zijn gezicht te zien, maar zijn houding verraadde dat hij opge-wonden was. Ik vond het beter om me niet bloot te geven. Ik maak nooit veel licht als het donker is. De tafellamp heeft maar een peertje van veertig watt en met de gordijnen dicht kun je het licht ervan buiten onmogelijk zien. Ik kan het weten, want ik heb het gecheckt. Je moet altijd alles checken, is mijn gou-den raad. Ik hield me dus gedeisd en wachtte maar af. Hij belde nog een tweede keer, toen vertrok hij. Ik weet niet wie het was of wat hij wilde, maar mijn instinct waarschuwde me dat hij familie kon zijn van een van mijn rekruten. Ik kan me vergissen, maar mijn instinct laat me meestal niet in de steek. Ik zal de volgende dagen dubbel voorzichtig zijn!

We zouden de hele zaak vergeten zijn, als Nick er niet was geweest. Captain Hook kon zich vergissen en mensen verhuizen de hele tijd. Toya zou veel minder lang in mijn hoofd blijven rondspoken dan Ginger. Tenminste, als we diezelfde middag Nick niet waren tegengekomen. En wie weet wat er dan nog allemaal had kunnen gebeuren!

Nick is die kerel die *The Big Issue* verkoopt in Camden Station. Maar we zagen hem onder de brug van High Street. Ik had net een Amerikaans toerist een pond ontfutseld, toen hij naar me toe stapte.

'Blij je te zien,' zei hij, 'Er is me net iets vreemds overkomen.'

'Laat me raden,' zei ik, 'De Eerste Minister bood je zijn bed in Downing Street 10 aan.'

'Nee, maar luister. Weet je nog die keer, toen je naar die vriend van je kwam vragen?'

'Ginger? Ja.'

'Ik zei toch dat hij het station uit was gelopen met een oudere kerel, niet?'

'Ja.' Een oudere kerel. Waar had ik dat onlangs meer gehoord.

'Wel, vanochtend duwt een oude vent me een foto van zijn dochter onder mijn neus. Of ik haar nergens gezien heb.'

Ik knikte. 'Hebben we ook ontmoet. Wat is ermee?'

'Dit is ermee, maat, Ik hèb haar gezien. Een paar dagen geleden. Ze kwam ook uit Camden Station, in het gezelschap van diezelfde kerel, waar jouw vriend mee wegging.'

Ik keek hem aan. 'Wat vertel je me nu? Bedoel je dat ze samen met die kerel...'

'... en verdwenen. Verdacht, hè?'

'Ja, héél verdacht. Heb je het die ouwe verteld?'

'Tuurlijk. Iemand had hèm verteld, dat ze met die kerel een huis was binnengegaan.'

'Ik weet het. Captain Hook. Hij heeft een flat in hetzelfde huis. Die ouwe is daar geweest, maar er was niemand thuis. Heb je hem aangeraden naar de politie te gaan?'

'Nee. Wat voor zin heeft dat? Het enige wat die zeggen is dat daklozen de hele tijd verhuizen. Geen bewijs, zie je. Niets concreets.'

'Juist, maar...'

'Ik weet het. Het zou moord kunnen zijn. Dubbele moord, maar het berust allemaal op een veronderstelling, maat.'

'Wat kunnen we doen?'

Nick haalde zijn schouders op. 'Ik weet hoe hij eruit ziet. En onze vriend, de Captain, heeft zijn adres. Ik stel voor dat we hem een poosje in de gaten houden. Zien wat hij doet. Als hij is, wat we denken dat hij is, dan moet hij zich vroeg of laat bloot geven. Dan bellen we de smerissen.'

'En als hij intussen een nieuw slachtoffer maakt? We kunnen hem toch geen 24 uur in de gaten houden?' Ik keek naar Gail. 'Wat denk jij, Gail?'

'Ik... Ik weet het niet, Link. Luister... ik moet even bellen. Mijn zus. Ik zie je over tien minuten voor de Brazilia en dan praten we verder, oké?'

We keken haar na, terwijl ze de straat overstak. Nick grinnikte. 'Wel wel, wat een koele meid, kerel. We vertellen haar dat er waarschijnlijk een moordenaar de straten onveilig maakt en zij gaat even haar zusje bellen. Ik snap niet waar je ze vindt, Link kerel.'

Hij gaf me een vriendschappelijke klopje. *Ik zie je!*'

Die namiddag liepen de temperaturen op en de straten werden overspoeld met toeristen. Ik kuierde naar de Brazilia en leunde er tegen de muur. Ik sloot mijn ogen en genoot van de warme zonnestralen op mijn gezicht. Als ik had geweten, wat ik nu weet, dan had dat mijn dag helemaal verknald!

Toen Gail terugkwam, zei ik: 'We moet naar de smerissen gaan.' Ik had aan Ginger zitten denken. De Ginger die ik had gekend. Hij zou nooit zomaar zonder uitleg weggegaan zijn. Tot dan was ik er half van overtuigd geweest, dat hij het wèl had gedaan. Gewoon, omdat ik geen andere verklaring had. Maar nu...

'Kunnen we doen,' zei Gail, 'Als je dat wilt. Maar ik betwijfel of ze onder de indruk zullen zijn.'

We liepen naar het politiebureau in Albany Street en inderdaad, ze waren niet onder de indruk. We raakten bijna niet eens voorbij de balie. Gelukkig kwam er toevallig een rechercheur voorbij. Rechercheur Ireson. Hij nam ons mee naar een spreekkamer. Ik vertelde hem over Ginger, maar hij onderbrak me. 'Ik moet u zeggen dat over deze zaak reeds aanwijzingen werden verstrekt door een ander lid van de gemeenschap. De feiten werden onderzocht. Er werd niets verdachts ontdekt en dus werd verdere actie overbodig geacht.'

'Geen verdere... hebben jullie de kerel ondervraagd? Hebben jullie hem gevraagd wat hij met mijn vriend heeft gedaan? Met Tanya?'

De rechercheur leek geïrriteerd. 'Alle normale procedures werden gevolgd,' mompelde hij boos. 'Er werd niets verdachts ontdekt om verdere actie te verantwoorden. De zaak is gesloten. En als u me nu wilt excuseren, ik heb nog een hoop werk.'

'Maar wat heeft die vent gezegd?'

'Goeiemiddag, mijnheer!'

Dagelijkse Routineopdracht 15

Hahahahahahahahaha! Dat is Shelter die het laatst lacht, het best lacht! Geen wonder, de vijand heeft immers het offensief ingezet en is teruggeslagen.

Ik was net thuis van mijn laarzenleverancier en bezig met het voeren van de kat, toen ze langs kwamen. Twee agenten in een Escort. Een man en een vrouw. Ik wilde eerst niet thuis geven, maar toen bedacht ik me. Waarom ook niet? Dit moest vroeg of laat toch gebeuren. Je moet de vijand in de ogen kijken, Shelter, ouwe jongen. Niet terugtrekken. Niet overgeven. Ik speelde mijn rol eens te meer voorbeeldig. Ik duwde mijn aankopen in de kast. Glimlachend opende ik de deur en vroeg hen binnen te komen. Ik bood hen koffie aan, wat ze uiteraard weigerden. Waarmee kon ik hen helpen? We onderzoeken de verdwijning van een jonge vrouw, zeiden ze. Deze vrouw. Ze duwden me een foto onder mijn neus, in de hoop dat ik mezelf zou verraden door met mijn ogen te knipperen of zo. Tevergeefs. 'O, ja,' zei ik, koel als een kikker. 'Ik heb haar ontmoet. Ze is zelfs hier geweest, in deze flat, niet zo lang geleden. Vorige week dinsdag, om precies te zijn.'
Natuurlijk wilden ze meer weten, waarom ze hier was geweest en onder welke omstandigheden. Vragen, waarop ik zeer nederig en verlegen antwoordde. 'Ziet u,' zei ik. 'Ik heb het geluk er warmpjes bij te zitten. Geld op de bank, een aantrekkelijk pensioen. Ik voel zoveel medelijden met die ongelukkige jongeren die je 's nachts in portieken en kartonnen dozen ziet slapen. Af en toe nodig ik er eentje uit voor een bad en een warme maaltijd. Ik laat ze nooit overnachten, omdat - wel - ik ben bang om in mijn slaap vermoord te worden, denk ik. Maar meestal stop ik ze nog een pond of twee toe, om hen

een eindje op weg te helpen.'

*Toen haalde ik mijn schouders op en gaf hen mijn onschul-
digste glimlach. 'Ik weet het, het klinkt stom, maar het sust mijn
geweten.'*

'Het kan gevaarlijk zijn, mijnheer, heel gevaarlijk!'

'Ik weet het, agent, maar...' Weer die glimlach.

'U heeft die jongedame dus eten en geld gegeven.'

'Inderdaad.'

*'Heeft u met haar gesproken, mijnheer. Heeft ze u verteld dat
ze weg zou gaan?'*

*Ik schudde mijn hoofd. 'Die lui praten niet veel over zichzelf,
weet u, inspecteur. En ik vraag ook niets.' Het was een simpe-
le agent, maar ik sprak hem aan met inspecteur.*

'Dat begrijp ik, mijnheer. Hoe laat is ze weer vertrokken, zei u?'

*''s Avonds. Laat op de avond. Rond tien uur, halfelf misschien.
Het regende.' Ik glimlachte nog eens meewarig.*

*'Ik vind het zo naar om ze op straat te zetten, maar zoals ik
al zei...'*

'Juist. En zei ze nog waar ze naartoe ging?'

*'Nee. Ik had die bezorgde blik al vaker geoefend en nu kwam
hij me goed van pas. 'Ik hoop dat haar niks vreselijks overkomen is, inspecteur. Het was een vriendelijk meisje.'*

'En van goede huize, geloof ik.' Ze liepen naar de deur.

*'We zullen u niet langer ophouden, mijnheer. Dank u wel
voor uw tijd en wees voorzichtig wanneer u nog eens iemand
in huis haalt. Sommigen van hen zijn gevaarlijk, weet u!'*

'Ik weet het, inspecteur. Ik zal voorzichtig zijn.'

*Ik stond in de hal met die klerekat in mijn armen. Toen ze
halverwege het tuinpad waren, riep ik hen nog na. 'Laat u
me iets weten, als u... als ze weer opdaagt?'*

'Natuurlijk, mijnheer, goedenacht!'

'Goedenacht, Inspecteur, goedenacht, agent.'

Hahahahahahahahaha!

'Wat doen we nu?' We liepen terug naar Parkway. De zon ging al onder. Gail haalde haar schouders op.

'Zoals Nick voorstelde, misschien? Die kerel in de gaten houden in de hoop dat hij een foutje maakt.'

'Ik denk dat we de mensen beter waarschuwen. Je weet wel, ga niet met vreemden mee.'

'Hmmm. Je zou denken, dat ze dat best wel weten. Maar we moeten weten, hoe hij eruit ziet.'

Ik knikte. 'We vragen Nick om hem ons aan te wijzen, komende maandag.'

'Waarom morgen niet?'

Ik schudde mijn hoofd. 'Dan is hij er niet. Nick bedoel ik. Hij woont in een kraakpand, maar ik weet niet waar.'

'We kunnen proberen om die kerel zelf op te sporen. We vragen het adres aan Captain Hook.'

Ik lachte spottend. 'Dat vertelt hij je nooit! Het is ook zijn adres, Gail. Hij zal denken dat we een overval beramen.'

Ze grinnikte. 'Ik denk dat hij het mij wel zal vertellen, als ik alleen met hem praat. Neem mijn rugzak en wacht hier.'

Ik wachtte bij de brug over het kanaal. Het begon te schemeren en het werd een beetje fris. Ik rilde, en niet alleen omdat ik het koud had. Ik dacht aan Ginger, en aan Tanya, die zich liever Toya liet noemen, en aan haar vader die 'God zegene jullie' had gezegd en vijf pond in mijn handen had gestopt. Ik dacht ook aan Gail. Hoeveel ze in korte tijd in mijn leven was gaan betekenen. Maar nu maakte een vaag gevoel van onbehagen zich van mij meester. Een gevoel dat ik wilde negeren en verdringen. Een koele meid, had Nick gezegd, maar zo ervaarde ik dat niet. Ze was cool, maar er was nog meer. Iets in haar houding bezorgde me het vreemde voorgevoel dat er iets niet klopte. Ze straalde een soort zelfverzekerdheid uit die in tegenspraak was met de situatie waarin ze verkeerde.

Het klinkt misschien vreemd, maar ze was niet opgefokt genoeg. Waarschijnlijk had ik dat eerder ook al door gehad, maar het verdrongen. Als dit een droom was, dan was het een aangename droom, waaruit ik niet wilde ontwaken.

Een paar minuten later was ze er al weer. Ze glimlachte. 'Mornington Place 9.' kwetterde ze verheugd, terwijl ze haar pak optilde. Ik knikte, maar zei niets en samen liepen we High Street uit.

Mornington Place 9 was een rijtjeshuis in Victoriaanse stijl, in een korte straat. Het huis had drie verdiepingen. Er was een onbeduidend, onverzorgd tuintje voor het gebouw, waarin drie vuilnisbakken de meeste plaats innamen. Er was geen poortje. Een kort tuinpad voerde van de straat naar de witgeverfde deur. Nergens brandde licht.

'Niemand thuis,' zei Gail. We stonden onder een groepje bottende platanen aan de overkant van de straat.

'Laten we hier wat rondhangen,' mompelde ik. Ik huiverde, terwijl ik naar het gebouw keek. De film in mijn hoofd speelde weer en ik zag Ginger met die duistere figuur meelopen naar de witte deur. Is het zo gebeurd, vroeg ik me af. En wanneer precies? Waar was ik op dat ogenblik? En waarom was Ginger hem gevolgd. Ginger en Toya en misschien nog anderen. Waarom?

Gail had een horloge. We wachtten drie kwartier. Er liep niemand in of uit. Bij een verlicht raam bij de buren kwam geregeld een vrouw kijken. Ze leek ons recht in de ogen te kijken. Misschien kon ze ons niet eens zien, maar ik werd er zenuwachtig van. Als je geen thuis hebt, is het geen goed idee om in zo'n woonwijk gesignaleerd te worden. Zeker niet als het donker is. Wie weet belde ze straks de politie wel.

'Kom mee,' zei ik. 'We proberen het morgen nog een keer.'

Zondagochtend, rond halfacht, maakten we weer onze opwachting onder de platanen. Het was droog, maar de zon zat nog achter de huizen. Ook nu was het dus fris. Bij het nummer 9 waren de gordijnen dichtgetrokken. Hoeveel zou ik niet geven om samen met Gail uit te slapen, zoals die egoïsten in hun kamers. Een nachtje slapen in een zalig bed. Uitslapen tot tien uur en dan een uitgebreid ontbijt met spek en eieren in een verwarmde keuken. Het paradijs en toch doodgewoon voor miljoenen mensen. Doodgewoon!

Onze man, als het onze man was, bleef niet tot tien uur in bed luieren. Iets voor negen uur ging de deur op een kier en een witte kat rende de straat op, gevolgd door een hand. De hand taste naar een fles melk op de drempel, vond ze en verdween ermee naar binnen. De kier viel weer dicht. Even later gingen op de benedenverdieping de gordijnen open.

Gail en ik wandelden de straat uit en bleven om de hoek toekijken. Tien minuten later kwam er een man naar buiten, die de deur achter zich in het slot trok. Hij was fors gebouwd, ongeveer veertig jaar. Hij droeg een sweater en ribfluwelen broek en had kortgeknipt, zandkleurig haar. Toen hij het pad afliep, vluchtte de kat, die op het muurtje zat te wachten, weg. De man ging linksaf en liep de straat uit.

'Wat ga je nu doen?' vroeg Gail. 'Schaduwen?'

'Nee, Hij loopt niet ver weg. Daar is hij niet voor gekleed. Misschien gaat hij gewoon de krant halen.'

Ik had gelijk. Vijf minuten later was hij terug met zijn zondagskranten opgerold onder zijn arm. Hij liep het paadje weer op, zonder ons te zien, en opende de deur met zijn huissleutel.

'Denk je dat hij onze man is?'

Gail haalde haar schouders op. 'Het is alleszins niet Captain Hook. En hij woont op de benedenverdieping. Dus, ja, ik denk dat hij onze man is.'

'Maar hij ziet er zo ... braaf uit.'

'Hij kan best een brave vent zijn, Link. We weten toch niet of hij wat op zijn kerfstok heeft. De politie heeft niks verdachts gevonden.'

'Maar wij weten dat hij èn met Ginger èn met Toya is gezien,' wierp ik tegen. 'Net voor ze verdwenen nog wel. Ik zou er veel voor geven om eens een blik in dat huis te werpen.'

Gail knikte. 'Ik ook, maar dat is onmogelijk. We kunnen het alleen in de gaten houden.'

En dat deden we. We zagen de kat terugkomen. Ze ging op het plekje zitten waar de melkfles had gestaan. Het was ons niet opgevallen wanneer de gordijnen op de bovenverdieping waren opengetrokken, maar toen we rond halfnegen voorbijwandelden, was dat het geval. De zon was intussen boven de daken geklommen en we kuierden in een waterzonnetje onder de bomen. We wilden niet te lang op dezelfde plek stilstaan, voor het geval we teveel aandacht zouden trekken. Er staat een limiet op het aantal keren dat je ongemerkt zo'n korte straat op en neer kunt wandelen, zonder dat het opvalt.

Het was trouwens saai en niets wees erop dat onze man nog naar buiten zou komen. Om kwart over tien besloten we dan ook om het op te geven en 's avonds terug te komen. De kat zat nog steeds op de drempel, toen we vertrokken.

Juist de kat deed me twijfelen. Je kunt zeggen wat je wilt, maar katten hebben iets. Ze wekken op de een of andere manier vertrouwen. Ik bedoel, als je een man met zijn kat ziet spelen, aaien, knuffelen of praten, zou je dan denken dat hij gevaarlijk is? Dat hij een moordenaar is? Dat je hem maar beter uit de weg kunt gaat? Nee, je denkt eerder: dat lijkt me een aardige man. Dat is in ieder geval mijn excuus voor wat er die avond gebeurde. Maar ik kan beter bij het begin beginnen.

Eerst was er de regen. Na een mooie, zonnige ochtend kwamen rond de middag wolken aandrijven en het begon te regenen. Gail en ik liepen te bedelen langs High Street, toen het begon. Daarom schuilden we onder de spoorwegbrug, maar gingen gewoon verder. Het weer scheen de kooplustigen niet af te schrikken, het was zoals meestal druk op de markt en we deden goede zaken. Maar de regen verpestte ons humeur, zodat we ruzie kregen.

Tot dan hadden Gail en ik nooit ruzie gehad. Over de meeste dingen dachten we hetzelfde en we konden goed met elkaar opschieten. Maar toen het begon te schemeren en ik voorstelde om terug te keren naar Mornington Place, zei ze: 'Ik niet, niet in deze omstandigheden.'

'Hoezo 'omstandigheden', Gail?' riep ik uit, 'Waar heb je het over?'

'Die stomme regen, sufferd. Ik ga niet uren in de regen staan tot god weet hoe laat, om op een idioot te wachten, die waarschijnlijk ook geen voet buiten de deur zet in dit rotweer.'

'Maar we hadden het afgesproken. We zouden terug gaan vanavond.'

'Toen regende het niet. En trouwens, ik heb nog wat te doen.'

'Zoals? Je zusje bellen, misschien? Alweer? We zouden beter kunnen eten, als jij niet de hele tijd je geld door de telefoon zat te jagen.'

'Het is mijn geld, Link. Ik geef het uit aan wat ik wil en bovendien, ik bel mijn zuster niet. Ik heb andere dingen om handen.'

'En daar hoef ik me niet mee te bemoeien, zeker?'

'Precies.'

'Wel, lazer dan maar op en doe wat je moet doen. Denk maar niet dat ik hier als een hondje op jou ga zitten wachten tot je terug bent. Als je me zoekt, ik ben op Mornington Place.'

En zo stond ik alleen onder de platanen van Mornington Place, toen die affaire met de kat begon. Het wachten was afschuwelijk. Ellendig. Ik zat nog meer in zak en as dan toen Ginger was verdwenen. De regen droop van de takken - ze waren niet dik genoeg begroeid om de regen tegen te houden - en ik dacht aan Gail. Ik had geen ruzie willen maken. Ik hield van haar. Maar ik had de hele dag aan Ginger en Toya en Mornington Place 9 lopen denken. Ik heb ooit eens een film gezien. 'Rillington Place 10'. Die film ging over een geesteszieke moordenaar, die vrouwen in zijn huis lokte en ze dan vermoordde. Het was een waar gebeurd verhaal. De titel - Rillington Place 10 - voorspelde niet veel goeds en in mijn verbeelding klonk Mornington Place 9 al even verdacht. Ik was stilaan overtuigd geraakt van de vreselijke dingen die in dat huis hadden plaatsgevonden. En ik zou hierover opheldering brengen!

Ik weet niet hoe laat het was toen de deur openging. Ik dacht dat ik er al een eeuwigheid stond. Ik was doorweekt en verkleumd. Ik stond op het punt om het op te geven en het goed te maken met Gail, toen hij plotseling verscheen: de man die wij die ochtend gezien hadden. Dezelfde, alledaagse man met zijn ribfluwelen broek, die zondagskranten las. Hij stond op de drempel, afgetekend tegen het licht dat door de deuropening naar buiten viel. Hij riep zachtjes 'Sappho - poesiepoesiepoesie - kom hier Sappho.' Ik stond onbeweeglijk onder de platanen. Hij riep zijn kat - misschien de kat die we 's ochtends gezien hadden - maar er kwam geen kat opdagen. Na enkele minuten verdween de man weer naar binnen, maar hij liet de deur op een kier staan. Ik hield het streepje licht dat naar buiten viel in de gaten. Even later verscheen hij met een schoteltje. Hij hurkte en zette het schoteltje op de drempel. 'Sappho!' riep hij en hij prakte met een lepeltje of vorkje op het schoteltje.

'Kom Sappho, vlees!' Hij stond in zijn hemd en moet het koud gehad hebben, maar hij gaf het niet op en bleef de kat roepen. Nog steeds was er geen kat te zien. Toen kwam hij overeind en slofte op zijn pantoffels en met het vorkje in zijn hand het tuinpad af. Hij keek naar links en rechts en riep. Ik dacht, is dit een monster? Een seriemoordenaar? Iemand die in zijn hemd op zoek gaat naar zijn kat? Laat me niet lachen. En toen zag hij mij.

Ik wist dat hij me gezien had, maar ik was niet bang. Waarom zou je bang zijn voor een man die zijn poes zoekt. Ik was in de war. In de war, omdat het hem opgevallen moest zijn, dat ik hem in de gaten hield. Ik begon me uit de voeten te maken, maar hij riep me. 'Hé daar, wacht eens...'

Ik keek om. 'Heeft u het tegen mij?'

'J- ja. Heb je toevallig geen kat gezien? En zwarte met witte vlekken?'

Ik schudde mijn hoofd.

'Wat jammer. Ze haat regen, zie je. Ze heeft er een hekel aan. Ik was ervan overtuigd dat ze op de drempel zou zitten te wachten, zeker omdat het etenstijd is. Ik hoop maar dat er...' Hij brak zijn zin af en keek me aan. 'Jasses. Wat vreselijk stom van me.' Hij klonk oprecht. 'Hier sta ik te emmeren over een stomme kat, terwijl jij wellicht doorweekt bent tot op je vel. Ik... heb je geen onderdak, jongen?'

Ik schudde mijn hoofd.

'Maar dat is afschuwelijk!' Hij keek me aan en speelde met het vorkje in zijn handen. Ik zag dat hij naar woorden zocht. 'Ik ga maar,' mompelde ik.

'Ja.' Hij knikte, maar hij hield zijn blik op mij gericht. Toen ik me omdraaide, zei hij: 'Ik veronderstel dat je ook honger hebt?'

'Ik ben oké.' Ik begon over het voetpad weg te lopen. Ik zou weggelopen zijn, als uitgerekend op dat moment de kat niet op het toneel was verschenen. Ze schoot in het licht van een straatlantaarn.

'Sappho!' Ik keek om. Het dier rende naar de man en hij nam ze op van de grond. Hij wiegde ze in zijn armen, terwijl hij een liedje neuriede. Hij wiegde de kat als een baby en verborg zijn gezicht in de natte pels, terwijl de regen naar beneden bleef gutsen. De goedzak!

En zeggen dat... ik verliet de scene.

'Jongeman!'

'Hè?'

'Kan ik je misschien iets te eten aanbieden? Ik weet niet... misschien een paar pond?'

Hij rilde. Hij wilde absoluut iets voor me doen, maar was tegelijk bang dat zijn aanbod me zou beledigen.

'Ik heb nog een jas, een hele goeie, die ik toch niet meer draag. Je mag hem hebben, als je wilt.'

Ik had geen honger maar had het wel koud en was doorweekt tot op mijn huid. Het aanbod van de jas klonk heel aanlokkelijk. Ik knikte. 'Die jas, dat zou geweldig zijn.' Hij glimlachte en liep naar zijn huis, met de kat in zijn armen. Ik volgde hem. Zo eenvoudig was het.

We kwamen in een kleine hal met rechts een deur en achteraan een trap. De man duwde met zijn vrije hand de deur open en liet me voorgaan. 'Ga maar, jongen. Ik ben dadelijk bij je.'

De kamer rook naar boenwas en was zo schoon dat het net was of ze niet gebruikt werd. Zware overgordijnen hingen voor een erkerraam. Het weinige licht kwam van een lamp op de glimmende tafel. Ik stond daar druipnat op zijn dure vloerkleed, terwijl hij, zoals ik vermoedde, Sappho naar de keuken bracht. Even later riep hij: 'Kun je me even dat schoteltje brengen? Het schoteltje op de drempel?'

'Zeker!'

'Je vindt het toch niet vervelend?' Hij giechelde verlegen. 'Ik denk dat ik ooit mijn hoofd nog eens vergeet.'

Ik haalde het schoteltje en bracht het naar de keuken. Hij had de kat in een roze handdoek gewikkeld. 'Dank je!' Hij glimlachte. 'Dank je wel. Zet het maar ergens neer. Ik zoek onmiddellijk die jas.'

Ik liep terug naar de andere kamer, bewust van de natte voetafdrukken die ik achterliet. Als ik nog enige achterdocht had gevoeld bij het betreden van de woning, dan was die nu helemaal verdwenen. De man was duidelijk compleet geschift met zijn kat en zijn obsessie voor netheid. Ik kon het niet laten erom te lachen, toen ik mijn ogen door zijn kamer liet dwalen. Zachte kussens. Afgelikte prenten. Glimmende oppervlakken. Alles had er zijn vaste plek en stek. De bewoner van deze kamer was wat mijn grootvader een Mary Ellen placht te noemen, het soort kerel dat schorten met franjes draagt in huis en die in de tuin de was ophangt. Ik voelde me elke minuut beter op mijn gemak, tot ik mijn horloge op de kast zag liggen.

Het was míjn horloge! Het horloge dat ik aan die bruut gegeven had, een miljoen jaar geleden. Ik zou het uit duizenden herkennen. Ik kreeg een beklemmend gevoel op mijn borst toen ik naar de kast stapte om het beter te bekijken. Toen schrok ik van een slaande deur.

Hij was ongemerkt de kamer binnengekomen en had zich al aan de overkant met zijn brede rug voor de deur geposteerd. De glimlach op zijn lippen was veranderd. Hij knikte naar de kast. 'Dat was dom van mij!' Hij giechelde maar deze keer was het geen verlegen lachje.

'Maar het is niet belangrijk. Niet meer!' Hij keek me aan en siste tussen zijn tanden: 'Link, Link de Stink, Lachende Jongen nummer Twee. Eindelijk. Wassermis? Jongen Twee? Je tong verloren?'

Hij lachte en riep naar de keuken: 'Hé, Sappho, heb je de tong van die jongen misschien opgegeten?'

Ik staarde hem aan, verlamd van angst. We hadden gelijk, Gail, Nick en ik. Dit was de man! Je moest hem gewoon in de ogen kijken om te zien dat hij gek was. Hij was knettergek en ik was erin getuind, net zoals Toya en Ginger en...

'Precies.' Hij las mijn gedachten. 'Hij is hier, die dikke bruut, samen met de rest. En hij is een voorbeeldige rekruut. Heeft heel veel in zijn mars. Pure klasse! Wil je hem zien?'

'Nee!' Ik schreeuwde het uit. Ik drukte mezelf tegen de kast. 'Ik wil naar huis. Laat me eruit!'

Hij lachte, en schudde zijn zandkleurige hoofd. 'O, nee, kereltje, jij gaat niet naar huis. Daarvoor is het te laat. Je hebt me lang genoeg laten wachten. Nu word je ingelijfd in mijn legertje. De *Camden Horizontals*. Kom, maak kennis met je vrienden.'

'Laat me gaan!' Ik wist dat het zinloos was, natuurlijk, maar mijn hersens waren verlamd. Ik wist gewoon niets anders te bedenken. Hij knielde neer en tilde de hoek van het vloerkleed op. Ik schatte de afstand naar het raam. Kon ik erbij komen. Een ruit inslaan. Dacht ik.

'Hier, kom eens kijken.' Hij sloeg het tapijt weg en haalde drie of vier planken uit de vloer. 'Ik zal wat bijlichten, zodat je het beter kunt zien.' Hij stond op. Toen hij naar de lichtschakelaar bij de deur liep, spurtte ik naar het raam. Het licht ging aan. Ik greep de draperie. Hij draaide zich met een vloek om en stormde op me af.

Ik sloeg mijn armen rond de gordijnen en zwaaide rond. Toen volgde een krakend, versplinterend geluid. De rail kwam los en de zware gordijnstof viel over ons heen. Huilend van angst bevrijdde ik me, greep mijn pak en sprong naar het raam. Het glas barstte maar brak niet en voor ik een tweede poging kon ondernemen, was hij bovenop mij gesprongen.

De kracht van de waanzin. Die zin heb ik vaker gehoord en nu begreep ik wat het betekende. Ik ben geen kleine jongen en hij was veel ouder, maar toch kon ik me niet bevrijden. Ik spartelde en kronkelde en schopte met mijn voeten, maar hij had zijn armen om me heen geslagen en hield me in een ijzeren greep gevangen.

Mijn voeten kwamen van de vloer en hij droeg me door de kamer, zoals hij eerder met zijn kat gedaan had. Maar hij neuriede geen liedje en drukte zijn neus niet in mijn nek, en toen we bij het gat in de vloer kwamen, gooide hij me hardhandig op de grond. Hij sprong als een worstelaar bovenop me. Ik werd op mijn buik tegen de vloer gedrukt, mijn hoofd hing over de rand. Uit het gat kwam een koude tocht gewaaid die een walgelijke geur met zich meebracht. Na een paar seconden waren mijn ogen gewend aan het duister, zodat ik hen kon zien.

Ze lagen met z'n zevenen op een rij, als sardientjes in een blik. Hij had iets met hun haar gedaan, ze hadden allemaal hetzelfde kapsel als hij. Je kon niet zeggen of het jongens of meisjes waren, maar ik herkende Ginger aan zijn kleren. Zijn gezicht was - ik herkende hem niet. Ik kokhalsde en probeerde mijn hoofd weg te draaien. 'Laat me los!' schreeuwde ik. 'Ik ga kotsen!'

Hij lachte. 'Kots het er maar uit, soldaat. Jij moet er straks in liggen, ik niet!'

Ik braakte in het afgrijselijke grijze stof en hij lachte opnieuw. 'Laat het maar komen,' brulde hij. 'Het zal je goed doen.'

Zijn gewicht op mijn borst sneed mijn adem af. Ik duizelde. Ik verloor bijna het bewustzijn.

'Ga van me af!' hijgde ik. 'Ik ga flauwvallen!'

'Maar dat is toch de bedoeling, Link.' Hij lachte waanzinnig. 'Dit is jouw val-nu-dood-parade. Snap je?'

Hij wilde me langzaam ombrengen door verstikking. Ik sperde mijn mond open en probeerde naar lucht te happen, een ultieme poging. 'Ze weten dat ik hier ben,' hoestte ik. 'Mijn vrienden weten dat ik hier ben.'

Ik denk niet dat hij me geloofde - hij wist ook wel dat wie sterft de gekste dingen verzint - maar door mijn woorden dacht hij opeens aan het licht in de kamer en aan de afgerukte gordijnen bij het raam. En dat redde mijn leven. Hij vloekte en kwam overeind. Ik hoorde hem overeind krabbelen. Hijgend en hoestend rolde ik weg van het hol. Ik begreep dat het een kwestie van seconden was. Het grote licht ging uit en in de schemering van de zwakke tafellamp zag ik hem terugkomen met ontblote tanden en een dun, strakgespannen touw tussen zijn vuisten. Ik probeerde op te staan, maar mijn benen werkten niet mee, zodat ik weer in elkaar zakte. Ik beschermde mijn keel met mijn handen. Hij boog zich over me heen, zwaaiend met zijn wurgtouw, toen de sirene loeide.

Hij brulde tot zijn rekruten dat ze zich moesten verweren, vechten tot de dood, terwijl de agenten hem naar buiten brachten. Ik was zo verdwaasd dat ik niet begreep wat er gebeurde. Ik strompelde de hal in. Ze hadden de beide deuren ingebeukt om bij ons te raken. Gail stond op de drempel en probeerde voorbij twee agenten te komen. Toen ze me zag, schreeuwde ze: 'Link, god zij dank!' De agenten lieten me door en we vlogen elkaar in de armen.

Ik weet exact wat je nu denkt. Hier is het happy end.

Maar wacht nog even.

'Heb jij hiervoor gezorgd?' vroeg ik. 'Heb jij de politie gebeld?'

Ze knikte. 'Ik kwam terug om je te zoeken, maar ik vond je niet. Ik wilde net weer vertrekken, toen het gordijn viel. Ik zag je vechten met... hem. Ik wist dat ik niks kon beginnen en ik ben snel naar Albany Street gerend.'

'Maar... maar hoe heb je ze kunnen overhalen, ze geloofden ons toch niet? Hoe ben je er in geslaagd...' 'Link.' Ik voelde haar verstarren in mijn armen. Ze maakte zich los uit de omhelzing. 'Ik moet je iets vertellen.'

Ze heeft het me nooit verteld. Het hoefde niet. Eindelijk kregen ze die gek in de politiewagen. De auto scheurde weg, gevolgd door twee andere wagens. Toen kwam dat protserige mannetje langs het hek gewandeld. Hij had een professionele fotocamera en alles wat erbij hoort. Hij stapte zelfverzekerd het tuinpad op en grinnikte schaapachtig.

'Louise, schatje,' brabbelde hij. 'Je bent gé-ní-aal!'

Gail had zich intussen losgemaakt. Ik keek rond naar Louise-schatje, maar er waren alleen Gail en ik en twee agenten. En toen snapte ik het. De kerel bedoelde Gail.

Ze stond er nogal verbouwereerd bij, dat moet ik haar nageven. 'Link,' mompelde ze. 'Dit is Gavin. Gavin. Dit is de jongen waarover ik het had.' Gavin maakte een buiging en stak me zijn klauw toe. Ik deed of ik het niet zag en richtte me tot Gail.

'En jij?' Ik spuwde het uit. 'Wie ben jij?'

Ze bloosde. 'Sorry, Link. Ik ben Louise Bain. Ik ben een journaliste. Ik heb...'

'Zwijg maar. Je zit al maanden achter die gek aan. Maar het kan je niks schelen hoeveel mensen hij intussen vermoord heeft, als jij en die idioot maar in de buurt waren, op het ogenblik dat hij werd ingerekend!'

'Hé, kalm aan!' riep de fotograaf. 'Ze heeft je leven gered, weet je nog?'

Ik keek hem aan. 'Eén woord uit jouw grote mond en ik ram die camera in je kont!'

Gail keek me hoofdschuddend aan. 'Je zit er helemaal naast, Link. Ik maakte gewoon een reportage over dakloze jongeren. Meer niet. Ik wist niets van die andere zaak. Helemaal niets. Je moet me geloven.'

Zo stonden we nog een hele poos tegen elkaar te schreeuwen. Ik was zo aangeslagen door woede en pijn, dat ik nauwelijks wist wat ik uitkraamde. Ik herinner me dat ik Gavin vroeg om een paar foto's te nemen van de lijken, om ze naar hun ouders te sturen. Gail barstte in tranen uit en ik ook. Het eindigde ermee dat ze me een pak bankbiljetten in mijn handen stopte.

'Veel geluk, Link,' snikte ze gesmoord. 'Het spijt me allemaal heel erg.' Gavin startte zijn auto. Ze stapte in en ik bleef alleen achter in een wolk van blauwe rook, waarin zij uit mijn leven verdween.

Ik weet het. Ik had het geld in haar gezicht moeten gooien. Elke televisieheld zou het gedaan hebben. Maar een televisieheld hoeft niet langs de straat te dwalen. Kortom, dat was het enige wat happy was aan het end.

Ja. Het recht had eens te meer gezegevierd, nietwaar? Maar was dat wel zo? Shelter (zo noemde die vent zichzelf, ze vonden een soort dagboek), Shelter krijgt levenslang. Hij heeft een dak boven zijn hoofd, een bed en drie stevige maaltijden per dag. Ik niet.

Ik hoop nu maar één ding. Namelijk dat er in het hele verhaal dat Louise en Gavin publiceren, nog een zweem van waarheid zit en dat iedereen het leest. Mensen kunnen pas iets veranderen aan een situatie, als ze weten wat er precies aan de hand is. Die toestand moet ooit veranderen.

Ik hoop maar dat ik het nog mag meemaken. Intussen weet ik niet wat ik ga doen. Ik kan niet in de buurt van Camden blijven. Dat weet ik wel zeker. Er dwalen hier teveel spoken rond. Ik zou voortdurend Gail aan de overkant van de straat voorbij zien lopen. Of Ginger. Ik denk dat ik mijn geluk maar eens in de buurt van Embankment of Covent Garden probeer. In Covent Garden ben ik een beetje thuis. Of misschien moet ik maar helemaal weg uit Londen. We leven toch in een vrij land? Of niet soms.